# Das Buch der Täuschung

## Kurz- und Kleinprosa

### Rainer Fischer

Rainer Fischer schreibt Kurztexte, Erzählungen und Experimentelles. 1992 »Jungen Literaturforum Hessen«. Bisher erschienen die Kurzprosa-Sammlung »Küchendienst in der Hölle«, der Roman »Der Kaktusforscher« und »Das Laubsägenmassaker – drei Erzählungen«.

Mehr unter www.druckraif.de.

# Das Buch der Täuschung

## Kurz- und Kleinprosa

### Rainer Fischer

Herstellung und Verlag: BoD - Books on Demand, Norderstedt
ISBN 9783751973724
Bibliografische Information der Deutschen Nationalbibliothek

Köder .................................................................7

Bibliophilie .......................................................8

Buchvergiftung ...............................................15

Hellsehen .........................................................18

Der Eindringling .............................................22

Berauscht .........................................................24

Aschenputtel ....................................................31

Verrannt ...........................................................34

Erwachen .........................................................38

Betten ...............................................................40

Nachlassen .......................................................43

Science Fiction ................................................47

Ein Gitarrist ....................................................48

Flimmern ..........................................................50

Schneewittchen ................................................54

Das Buch der Täuschung .................................62

Klarträumen .....................................................63

Fotomodelle .....................................................67

Nachleben .........................................................71

deus ex machina ...............................................75

Auf dem Laufenden .........................................76

Der Verfasser ...................................................77

Offene Bühne ...................................................82

Kosmetische Chirurgie ....................................87

Aus der Vogelkunde .........................................89

Präinkarnation .................................................90

Suchmaschine ..................................................98

Die Säge .........................................................100

Kürzestgeschichte ..........................................101

Down Dog.....................................................................102

Neuronenspiegel ........................................................106

Ein Haufen Zeug.........................................................110

Hans im Glück ...........................................................114

Das Buch....................................................................115

Würmer......................................................................121

Fleischliche Pflanzen..................................................122

Rumpelstilzchen ........................................................124

Von allem ein bisschen ..............................................130

Venus im Pelz ...........................................................137

# Köder

Der Köder war geschluckt. Ein Wurm oder eine Fliege oder wahrscheinlicher ein Nachbildung davon. Ich wusste, dass es ein Köder war. Ich wusste auch, dass die Schatten am Ufer, die sich kaum bewegen, Angler waren, und dass ein Angler mich nicht so ohne weiteres aus dem Wasser bekam, und wenn doch, dass dann nicht mehr viel zum Angeln bliebe. So konnte ich mich auf diese Kraftprobe einlassen. Andererseits wollte keiner Köder und Haken opfern und die Schnur durchtrennen, und so wurde ich den Angler ebensowenig los wie er mich.

Tatsächlich war das nicht der erste Köder, den ich geschluckt hatte, sondern der dritte oder der vierte, alle vor verschiedenen Ufern, von verschiedenen Anglern. Keiner der Angler hätte dem anderen den Fang gegönnt. Ihre Haken sind ineinander verfangen, glaube ich. Hätte einer versucht, mich mit aller Gewalt aus dem Wasser zu ziehen, müsste er seine Kollegen von den anderen Ufern ins Wasser ziehen.

Die Angelschnüre behinderten mich nicht sehr, nur manchmal, wenn ich gar nicht mehr daran dachte, riefen sie sich schmerzhaft wieder in Erinnerung. Die Köder sahen recht verlockend aus, waren aber meist unverdaulich,. Ich hätte sie auch ignorieren können, aber warum sollte ich mich immer nur verstecken und allem ausweichen. In diesem Teich war ich in meinen Bewegungen sehr beschränkt, konnte und wollte ihn aber nicht verlassen. Die Köder und Schnüre waren die einzigen Verbindungen zu anderen Welten und würden es bleiben, denn sie werden uns noch lange festhalten, die Angler und mich.

# Bibliophilie

Mein erster Roman ›Der Werkspion streikt‹ hatte einigen Erfolg. Die Verkäufe waren gar nicht schlecht. Hier und da erschien eine wohlwollende Rezension, und der Verlag leitete mir einige Briefe von Lesern weiter. Die meisten davon waren lobend bis begeistert, nur zwei oder drei Besserwisser meinten, mich über gewisse fachliche Details belehren zu müssen. Die Geschichte spielte hauptsächlich in den technischen Büros eines Unternehmens. Zugegebenermaßen verstehe ich von den technischen Hintergründen nicht so viel wie meine Romanfiguren, mir ging es aber auch mehr um die menschlichen Wechselwirkungen. Dazu schrieben mir einige Leser, dass sie in ihrem Arbeitsleben ganz ähnliche haarsträubende Dinge erlebt hätten. Anhand der Fanpost hätte ich glatt eine Fortsetzung schreiben können.

Mein Werkspion lernte in einem Handlungsstrang – der Roman hat mehrere ineinander verschlungene, er ist gleichsam *multitasking*fähig – eine Frau kennen, die beiden fingen eine stürmische Beziehung an, die Frau machte schließlich wieder Schluss mit ihm, und die zwei tauschten danach einige Briefe aus, in denen sie miteinander abrechneten. Diese relativ konventionelle Nebenhandlung betrachtete ich nicht unbedingt als den besten oder originellsten Teil des Romans. Eine Leserin namens Sandra schrieb mir, dass ihr das Buch gar nicht so schlecht gefallen habe, diese Briefe allerdings hätten sie sehr fasziniert, weil sie sich so echt gelesen hätten, sie habe genau dasselbe auch schon durchgemacht.

Die Leserbriefe habe ich alle beantwortet, in der Regel nur kurz, aber immerhin persönlich und jeden individuell. Sandra bekam eine etwas längere Antwort, auch, weil sie außer ihrem Lob zur Abschiedsbriefgeschichte noch ein paar kluge Bemerkungen zu anderen Themen im Roman geschrieben hatte, darunter ein paar kritische Punkte, bei denen sie nicht ganz unrecht hatte.

Kurze Zeit später schickte mein Verlag einen neuen Brief von Sandra. Sie habe sich sehr über meine Antwort gefreut. Sandra schrieb weiter: »Ich habe die Briefe aus dem ›Werkspion‹ noch einmal gelesen, und es ist schon unheimlich, dass sie teilweise bis in den Wortlaut mit meinen eigenen übereinstimmen, die ich meinem langjährigen Freund geschickt habe, nachdem er mit mir Schluss gemacht hatte. Und mit denen, die ich bekommen habe. Meine Briefe habe ich damals auf dem Computer geschrieben und ausgedruckt mit der Post verschickt. Auf einer alten Sicherungs-CD habe ich die Kopien noch gefunden und mit den Briefen im Buch verglichen. Sind Sie sicher, dass wir uns noch nie getroffen haben?«

Sandra lebte in Bremen. Ich war jedoch in meinem ganzen Leben selten in Norddeutschland gewesen und in Bremen noch nie. Die letzte Sandra, die ich gekannt hatte, war in meine Grundschulklasse gegangen.

Mein Verlag hatte recht kurzfristig eine paar Lesungstermine für mich organisieren können, und der erste fand in einer Buchhandlung ausgerechnet in Bremen statt. Das war mir sehr recht, ich musste daran arbeiten, bekannter zu werden, und Bremen war überdies mit dem Zug bequem zu erreichen.

Ich schrieb Sandra noch einmal und lud sie zu meiner Lesung ein, bekam aber keine Antwort.

Die Reise nach Bremen verlief ganz angenehm. Ich wurde vom Bahnhof abgeholt und sehr nett empfangen. Die Lesung fand in der Filiale einer Buchhandelskette statt, deren Leiterin als Gastgeberin fungierte. Sie veranstaltete vorher einen Rundgang durch die Innenstadt und zeigte mir den Roland, der größer war, als ich erwartet hatte, und die Bremer Stadtmusikanten, die ich ziemlich klein fand. Ich mochte das Märchen, schon wegen des Satzes: »Etwas Besseres als den Tod findest du überall.«

Im Eingangsbereich der Buchhandlung gab es genug Platz für die vielleicht fünfzig Leute, die gekommen waren. Ich las

9

zwei ältere und einen neuen Kurztext, vor allem aber Auszüge aus ›Der Werkspion streikt‹. Es war nicht meine erste Lesung, daher fand ich das Publikum recht normal, nur wenige junge Leute waren da. Die meisten Zuhörer wirkten etwas verkrampft kulturbeflissen. Wenn ich ins Publikum blickte, fragte ich mich, ob Sandra gekommen war, und welche der anwesenden Frauen sie sein könnte. Ich wusste nicht, wie alt sie war, wie sie aussah, sie konnte allein gekommen sein, mit einer Freundin oder mit einem Mann.

Das Publikum lachte an einer nicht komischen Stelle. Ich musste mich verlesen oder versprochen haben. Den letzten Satz wiederholte ich richtig und versuchte, mich nur noch auf den Text zu konzentrieren. Als ich fertig war, wurde das Publikum eingeladen, Fragen zu stellen und Kommentare abzugeben. Es gab lobende Worte über die geistreiche Sprache, die überraschenden Wendungen und die scharfsinnigen Beobachtungen aus dem Arbeitsleben und mehrmals die Frage, ob ich das selbst so erlebt habe. Ich antwortete sinngemäß, dass es darauf nicht ankäme, da derartiges jedem jeden Tag passieren könne. Ein Frau meinte, die Motivation des Werkspions sei widersprüchlich, wozu sie zwei verschiedene Stellen im Roman anführte.

Das musste Sandra sein, sie sprach, wie sie schrieb. Obwohl ich sie mir anders vorgestellt hatte, eher wie einen Bücherwurm oder wie eine Studienrätin. Wie hatte ich sie vorher nicht bemerken können! Mich um Fassung bemühend antwortete ich, der Werkspion sei eben kein eindimensionaler Charakter, und mir sei es darauf angekommen, Erwartungen und Assoziationen beim Lesen zu wecken, weniger einen streng logischen Ablauf zu konstruieren.

Einige Gäste ließen sich ihr Buch signieren, als letzte Sandra. Ohne sich vorzustellen hielt sie mir das Buch hin und bat maliziös lächelnd um eine Handschriftprobe. Ich schrieb ihr einige Zeilen ins Buch, und erklärte, dass die Briefe nichts mit ihr zu tun hatten. Ich konnte ihr in Bremen nie begegnet sein, in Hamburg nicht, wo sie studiert hatte, und auch sonst hatten sich unsere Lebenswege nie gekreuzt. Schade eigentlich, ich hatte lange kein so anregendes Gespräch mehr geführt. Dummerweise wollte meine Gastgeberin mich, eine Kollegin und einen Reporter, der ein paar Zeilen über die Lesung schreiben wollte, noch ausführen, um eine Kleinigkeit zu essen und zu trinken. Also gab ich Sandra kurz entschlossen meine Telefonnummer und verabschiedete mich.

Die nächsten Lesungen in Oldenburg, Lübeck und Peine waren eher lauwarm. Das Publikum erschien mir eher mäßig interessiert und weniger wohlwollend. Vielleicht war man in kleineren Städten nicht so aufgeschlossen für moderne Literatur, vielleicht sind mir die Norddeutschen überhaupt zu unterkühlt. Vielleicht habe ich es auch nur so wahrgenommen, weil ich nicht recht bei der Sache war, als habe Sandras Blick mich aufgespießt und nicht mehr losgelassen. Immerhin signierte ich jeden Abend einige Bücher und konnte mich mit Lesern und Buchhändlern unterhalten.

Kaum saß ich im Zug von Peine nach Hannover, klingelte mein Smartphone. Sandra war dran und meinte, sie habe angenommen, mich auf einer Lesereise am besten tagsüber erreichen zu können. Ob ich Lust hätte, sie wiederzusehen? Ich hatte ein paar Monate vorher eine Trennung durchlebt, die mit denen im ›Werkspion‹ verarbeiteten Erfahrungen zwar nichts mehr zu tun hatte, mich aber auch ziemlich mitgenommen hatte. Sandra war eigentlich nicht mein Typ, irgend etwas faszinierte mich aber an ihr. Also versprach ich ihr, am kommenden Samstag wieder nach Bremen zu kommen.

Wir hatten einen hinreißenden Samstag, gingen zusammen essen, spazieren und in eine Ausstellung, hatten endlose Gespräche über Literatur, Kunst, Kino und Musik. Und über uns. Es kam mir vor, als habe ich in den wenigen Stunden mehr erlebt als sonst in Monaten. Von vorn herein war klar gewesen, dass ich mit dem letzten Zug nach Hause fahren würde, aber immerhin küssten wir uns zum Abschied. Jeden

Abend telefonierten wir lange, bis am nächsten Samstag Sandra zu mir kam.

Zum Schreiben war ich in dieser Woche kaum gekommen, abends hing ich am Telefon, tagsüber überlegte ich, was ich mit Sandra unternehmen wollte, wohin wir gehen, was ich ihr zeigen könnte. Für andere Dinge hatte ich kaum noch Aufmerksamkeit übrig.

Der Anblick der Frau, die am Samstag aus dem Zug stieg, faszinierte mich aufs Neue, ohne dass ich genau sagen konnte, warum. So viele tiefe Gespräche hatte ich schon mir ihr geführt, aber irgend etwas an ihr kam mir plötzlich fremd vor.

Das Fremde verging fast so schnell wie es gekommen war, wir verbrachten einen aufregenden Nachmittag. Ich las ihr ein paar neue Sachen vor und ich zeigte ihr einige Orte, die im ›Werkspion‹ ein Rolle spielten oder mich inspiriert hatten.

Als wir abends in meinem Lieblingsrestaurant saßen, fing sie wieder mit dem Thema an, dass sie seit einiger Zeit nicht mehr angesprochen hatte:

»Und du bist sicher, dass du dir die Briefe in deinem Roman nur ausgedacht und nicht vorher mal so etwas gelesen hast?«

»Nein, Sandra, das habe ich dir doch erklärt. Die Briefe basieren lose auf meiner Korrespondenz am Ende einer Beziehung, das liegt auch alles schon Jahre zurück. Vielleicht steht im Buch auch das, was ich damals hätte schreiben sollen. Oder was ich fürchtete, noch geschrieben zu bekommen.«

»Schreiben als Eigentherapie, mal wieder. Ja, vielleicht. Aber ich komme immer noch nicht darüber hinweg, dass ich die Briefe schon vorher bis in den Wortlaut gekannt habe.«

Wir hatten an diesem Punkt schon eine Flasche Rotwein getrunken, ich mehr als sie, und dass sie das Thema wieder aufbrachte, reizte einen Nerv bei mir. Sie bedrohte die ganze schöne Atmosphäre zwischen uns.

»Weißt du«, sagte ich, »ich hatte da mal einen Freund, mit dem ich manchmal einen feuchtfröhlichen Abend verbracht habe. Eines Abends haben wir uns über unsere Frauen-geschichten ausgetauscht, und er hat mir zum Spaß aus alten Liebesbriefen vorgelesen. Das muss dann wohl dein Exfreund gewesen sein.«

Sandras Blick wurde hart. »Ich wusste doch, dass da etwas nicht stimmt!«

»Weißt du noch, vorhin in der Ausstellung, als wir über *found objects* gesprochen haben, und über das Element des Zufälligen in der Kunst? Ich hatte mal eine Phase, in der ich in dieser Richtung experimentiert habe. Über und mit Fund-sachen habe ich geschrieben, gern mit Zeitschriften und Pa-pieren, die ich aus Altpapiercontainern gefischt habe. Einmal habe ich eine Papiertüte mit einem Stapel Briefe gefunden, die ich später gut für meinen Roman gebrauchen konnte.«

»Machst du dich gerade über mich lustig?«

»Ja, ein bisschen.«

»Ich glaube, du erzählst mir die Wahrheit absichtlich so, dass ich sie nicht glauben soll. Hast du vielleicht noch eine dritte Variante?«

»Nein, Sandra. Entschuldige bitte meine dummen Witze, aber zu dem Thema gibt es nichts mehr zu sagen. Es ist ein-fach Zufall oder meinetwegen Geistesverwandtschaft, wenn wir dieselben Dinge geschrieben haben.«

Sandra bestellte eine weitere Flasche, und wir kamen über die Themen Geistesverwandtschaft und Synchronizität auf die eigenartigsten psychologischen Fragen zu sprechen. Am Ende waren wir ziemlich angetrunken. Sandra übernachtete auf meinem Sofa und fuhr nach einem späten Frühstück nach Hause.

Am Sonntag und Montag Abend ging sie nicht ans Telefon. Am Dienstag lag ein Brief von ihr in der Post, ausgedruckt und von Hand unterschrieben:

»Tatsächlich sind wir geistesverwandt. Wir interessieren uns beide für so viele gleiche Dinge. Ich sehe bei dir so viel, das ich von mir kenne, ungewöhnliche Gedanken, phantasti-sche Pläne, die großen Entwürfe mit dem Pfusch im Detail.

Vor allem aber das nicht-richtig-dazu-Stehen. Wenn Kritik kommt, weichst du aus oder ergehst dich in Plattitüden oder Witzeleien, um dein Gegenüber zu verwirren. Man kommt nie an den Kern. Das sind alles Sachen, die ich an mir seit Jahrzehnten versuche zu ändern. Bei mir funktioniert das, aber nur, solange mich niemand wieder mit solchem Verhalten infiziert. Wir zwei sind wie füreinander gemacht, prädestiniert für eine gemeinsame Trennung.«

Aus der Traum. Ich würde eine Geschichte daraus machen.

# Buchvergiftung

Jemand hatte mir das Buch empfohlen, aber ich wusste nicht mehr wer. Die ›Aufzeichnungen eines Getäuschten‹ hatte ein russischer Autor unter Pseudonym veröffentlicht. Ich hatte gehofft, es würde mir neue Impulse für meine literaturwissenschaftliche Arbeit geben, die in letzter Zeit auf der Stelle trat. Grundsätzlich war mir das Buch sympathisch. Die Sprache gefiel mir, das Buch war in einem witzigen und gleichzeitig betulichen Plauderton erzählt. Eine richtige Handlung entwickelte sich nicht, viele Personen kamen nicht vor, dafür sehr interessante Gedanken über das Leben, die Kunst, Gott und die Welt und alles mögliche. Die Seiten füllten sich mit Erinnerungen an Menschen, Häuser, Bäume und anderes, Beschreibungen vom Wodkatrinken mit einem Ofensetzer, von der Teegesellschaft einer kaukasischen Kaufmannstochter und vom Grillen mit einem georgischen Bergbauingenieur, alles voller schön beobachteter, überraschender Details.

All diese Beschreibungen führten zu nichts, außer zu einer leichten Benommenheit bei mir als Leser. Ständig hatte ich das Gefühl, etwas Wichtiges für den Fortgang und das Verständnis zu verpassen, weil ich Mühe hatte aufmerksam zu bleiben. Meine Gedanken schweiften ab zu Dingen, die mir heute passiert waren, mir fiel ein, was ich morgen erledigen sollte oder was mir vor Jahrzehnten begegnet war. Dann zwang ich mich wieder zur Konzentration auf das Buch, teils zum Zurückblättern und zum noch einmal Lesen.

Nach fünfzig Seiten schien eine Rahmenerzählung abzubrechen, die die Entstehung des Buches beschrieb. Danach wurde über jemanden in der dritten Person in einer anderen Umgebung erzählt,, aber eigentlich ging es weiter wie zuvor – wenig Handlung, viele Beschreibungen, Erinnerungen und Gedanken. Zwischendurch und am Ende meldete sich der Autor wieder.

Was war das, ein Roman, Autobiographisches, ganz freie Prosa? Ob der Autor ein zweites Buch veröffentlich hat, war nicht in Erfahrung zu bringen. Möglicherweise hatte hier ein gar nicht mal Unbekannter ein Experiment oder etwas zu Persönliches veröffentlicht, dass er von seinem Hauptwerk fern halten wollte.

Als ich die ›Aufzeichnungen eines Getäuschten‹ ausgelesen hätte, war ich nicht in der Lage, eine Zusammenfassung zu geben, nichts, dass über vage Eindrücke und Stimmungen hinausgegangen wäre. Mir war der Autor sehr sympathisch, das Buch jedoch bereitete mir Unbehagen, das schlechte Gefühl, dass ich nicht in der Lage war, es zu verstehen.

Danach wählte ich ein komplett anderes Buch, das mir allerdings auch noch unbekannt war, ein längst nicht mehr neuer, dystopischer Roman einer österreichischen Autorin, der eine strikt regulierte, weil überbevölkerte Gesellschaft entwarf, die sich nur durch Isolation der einzelnen Menschen vor sich selbst retten konnte. Eine düstere, karge, handlungsarme Erzählung, die sich in Abstraktionen und kunst-vollen Wiederholungen und Variationen erging. Und wieder hatte ich Mühe, der Lektüre zu folgen. Ich füllte die Andeutungen des Textes mit eigenen Erinnerungen und schon war ich aus der Geschichte raus. Jedes der wenigen Details aus der engen Behausung des Helden entstand plastisch in meinem Kopf und wirkte so heimatlich, dass ich am liebsten mit ihm getauscht hätte. Das lief mit Sicherheit den Intentionen der Autorin zuwider, falls ich diese richtig erfasste. Wahrscheinlich wollte sie vor einer überregulierten Gesellschaft warnen, ich fand aber, dass die kafkaesken Instanzen ihr Möglichstes taten, um Schaden vom Einzelnen in dieser verfahrenen Lage fernzuhalten, vielleicht ein bisschen ruppig und manipulativ, aber manchmal wünschte ich mir so viel Konsequenz in den Regeln, die das echte Zusammenleben heute ordnen mussten.

Wahrscheinlich hätte ich dieses Buch gleich noch einmal lesen sollen, um die Dinge, die mir entgangen waren oder die ich falsch aufgefasst hatte, endlich richtig zu verstehen. Meine Aversion dagegen war entschieden zu stark.

Um das richtige, aufmerksame, lustvolle Lesen wieder zu lernen, las ich wieder einige meiner Lieblingsbücher, die ich fesselnd und gut erzählt fand, Hermann Hesse, Philip K. Dick, einen Band Gruselgeschichten von Edgar Allen Poe, und am Ende ein altes Kinderbuch, bloß nichts zu Modernes, Überambitioniertes – aber es war immer dasselbe, meine Konzentration war dahin, ich kam immer wieder von der Geschichte ab und vergaß die Zusammenhänge. Ich hatte mich angesteckt, mir eine unheilbare Leseschwäche zugezogen.

# Hellsehen

Auf dem Heimweg von der Arbeit reihte ich mich, als ich die Bundesstraße verlassen musste, wie immer auf der Linksabbiegerspur ein. Der weiße Toyota, der seit der Autobahn dicht hinter mir hergefahren war, schob sich rechts an mir vorbei. Für einen Sekundenbruchteil fühlte ich so etwas wie Herzrasen. Ich verkürzte trotzdem den Abstand zum Vordermann, bis ich eigentlich schon viel zu nah aufgefahren war, da wechselte der Toyota ohne zu blinken die Spur und drängelte sich vor mich. Ich musste bremsen. Woher hatte ich gewusst, dass er das tun würde? Das Nummernschild sagte mir nichts, außer, dass er hier aus der Gegend kam. Ansonsten war an dem Wagen nichts Wiedererkennbares, keine Aufkleber oder Beulen. Ich konnte ihn kaum als rücksichtslosen Drängler in meinem Hinterkopf gespeichert haben. Wenn es ein schwarzer BMW oder Audi gewesen wäre, wäre das Vordrängeln nicht ungewöhnlich gewesen. Hatte ich das rücksichtslose Manöver vorausgeahnt, weil er vorher so dicht aufgefahren war, oder hatte er es, als er an mir vorbei fuhr, durch eine kleine Bewegung zur Seite schon vorher angedeutet? Das war jetzt unmöglich zu beantworten.

Später am Abend schaltete ich mich durch die Kanäle im Fernseher und blieb, weil nirgendwo etwas Interessanteres lief, bei einem Fußballspiel hängen. Irgendein Sportkanal übertrug ein Spiel aus einer Regionalliga. Ein Stürmer der Blauen schoß auf's Tor und traf den Arm eines weißen Verteidigers. Es gab einen Elfmeter wegen Handspiel. Ruhig beobachtete ich, wie der blaue Schütze den Ball knapp über die Latte jagte. Das Spiel wogte hin und her, bis es einen Eckball für die Weißen gab. Vor dem Tor der Blauen drängten sich die Spieler beider Mannschaften. Als der Weiße zum Eckball anlief, wurde ich plötzlich nervös und wusste, woher auch immer, dass jetzt ein Tor fallen würde. Der Eckball wurde kurz ausgeführt auf einen Spieler, der sich an der Strafraumgrenze freigelaufen hatte und ihn auf einen weiteren

Spieler weiter passte, der den Ball an der Spielertraube vorbei im Tor versenkte.

Das war zweifellos einstudiert. Da ich die weiße Mannschaft aber gar nicht kannte, hatte ich das nicht wissen können. Beim Elfmeter vorhin war ein Tor viel wahrscheinlicher gewesen. Warum hatte ich im Voraus gewusst, wann ein Tor fallen würde und wann nicht? Man weiß ja, dass auch bei einer digitalen Liveübertragung Bild und Ton etwa eine Sekunden Verspätung hat – hatte die Information auf anderem Weg das Fernsehsignal überholt? Oder hatte mir mein Herzschlag wirklich angezeigt, dass gleich etwas passieren würde? Wie schon heute Nachmittag im Auto? Und wenn ja, gab es nicht Gelegenheiten, solche Fähigkeiten auszunutzen?

Am nächsten Tag ging ich gerade von der Mittagspause in mein Büro zurück, als mir der Kollege Siegmund über den Weg lief und mich zu einem Tischtennismatch einlud. Eigentlich habe er ja mit Klaus spielen wollen, aber der musste gerade in eine Besprechung. Siegmund spielte oft und gut, während ich nur gelegentlich die Mittagspause mit einem Spiel verlängerte. Unser Arbeitgeber hatte einen Raum und ein paar Sportgeräte bereitgestellt, um dem epidemisch gewordenen Rückenleiden etwas entgegenzusetzen und gleichzeitig den Teamgeist zu stärken. Ehrlich gesagt war ich für Tischtennis eigentlich zu langsam, genauer gesagt, zu langsam, um einen hart geschossenen Ball zu retournieren. Trotzdem war mir das in letzter Zeit ganz gut gelungen. Sogar gegen Siegmund vor zwei Wochen hatte ich gar nicht so schlecht ausgesehen. Nicht, dass er nicht gewonnen hatte, aber es hatte ihn Mühe gekostet, weil ich viele von seinen Schmetterbällen doch abwehren konnte. Moment, hatte ich die vielleicht vorausgeahnt, hatte gewusst, wo die hingehen würden, und war in die richtige Abwehrposition gegangen, bevor ich den Ball kommen sah? So wie den Drängler im Toyota und das Eckballtor? Würde ich das vielleicht noch besser können, wenn ich mich darauf konzentrierte zu erahnen, wo der nächste Ball hingehen würde. Ich nahm Siegmunds Herausforderung an.

Ich hatte zuerst den Aufschlag und schaffte es, vier von fünf Bällen für mich zu entscheiden, in dem ich den Ball zunächst flach hielt. Einmal traf Siegmund meine Platte mit einem flachen Schmetterball nicht mehr, zweimal hatte ich Glück und spielte den Ball an die Tischkante, so dass er für Siegmund unhaltbar zur Seite sprang.

Dann hatte Siegmund Aufschlag. Ich konnte den harten Ball nur hoch abwehren, sodass ich die perfekte Vorlage lieferte. Ich konzentrierte mich: Wohin würde der Schuss gehen? Nach rechts? Nach links? Mein Herzschlag blieb weg, ich entschied mich für links. Er kam nach rechts.

Den nächsten Ball erwischte ich besser, aber es war nur eine Frage der Zeit, bis ich den Ball nicht mehr flach genug zurückgeben konnte. Während ich den Ball auf Siegmund zufliegen sah, versuchte ich fieberhaft, mir vorzustellen, wie der Ball zurückkommen würde. Mein Kopf blieb komplett leer.

Um es kurz zu machen, Siegmund gewann haushoch. Und auf dem Nachhauseweg, als ich versuchte, vorauszusagen, welcher Autofahrer wann die Spur wechseln würde, um zu überholen, war meine Trefferquote ziemlich schlecht. Ich musste mir eingestehen, dass meine hellseherischen Fähigkeiten einfach nicht vorhanden waren, jedenfalls nicht, wenn ich sie abrufen wollte.

Am nächsten Tag, als ich bei der Arbeit eine Kaffeepause machen wollte, stand Siegmund in der Kaffeeküche und verteilte selbstgemachte *Mousse au Chocolat* an die Kollegen. Heute war sein Geburtstag, wie ich erfuhr. Ich gratulierte artig, er schien sich darüber zu freuen und bot mir eine Schale an, mit Sahne, einem Keks und einer Himbeere. Siegmund war doch eigentlich ganz in Ordnung.

Aber als ich meine Hand nach dem Glasschälchen ausstreckte, wurde mir für einen ewig langen Sekundenbruchteil schwarz vor Augen. Vor Benommenheit musste ich mich an den Küchenschrank gelehnt ausruhen, mir war der Appetit vergangen. Als niemand mehr auf mich achtete, verließ ich die Küche. Eine Stunde später fühlte ich mich besser, aber da war die *Mousse* schon komplett aufgegessen.

Am nächsten Tag war ich der einzige, der zur Arbeit erschien. Sämtliche Kollegen hatten eine böse Lebensmittelvergiftung, wie ich später erfuhr, weil die Eier in der *Mousse au Chocolat* mit Salmonellen verseucht gewesen waren.

# Der Eindringling

Am Rand der Tasse spürte er eine Unebenheit, und beim Nachsehen entdeckte er, dass tatsächlich ein Stückchen Glasur fehlte, als hätte die Tasse eine Narbe. Seine Lieblingsteetasse besaß er seit über zwanzig Jahren, er kannte sie in- und auswendig, benutzte sie mehrmals täglich und behandelte sie immer vorsichtig. Woher kam also die Scharte?

Er setzte sein Frühstück fort, vage beunruhigt, dafür wacher als vorher. Er griff nach dem Buch, dass er seit ein paar Tagen las, zuletzt gestern vor dem Einschlafen. Beim Einband war unten rechts die Ecke angeknickt. Er konnte sich nicht erinnern, nein, er wusste genau, dass ihm das Buch nicht heruntergefallen oder er damit irgendwo angestoßen war. Jemand anderes musste es also beschädigt haben, genau wie die Tasse.

Wenn jemand ohne sein Wissen in seiner Wohnung gewesen war, dann wahrscheinlich um etwas zu stehlen. Er sah nach, ob Geld oder andere Wertsachen fehlten, Elektrogeräte, Bücher oder Schallplatten, die man zu Geld machen konnte, aber alles war noch da und an seinem Platz, mehr oder weniger. Seine Kamera lag in einer anderen Schublade, als er in Erinnerung hatte, einige Bücher waren verstellt. Die Oberfläche des Schreibtisches war verkratzt. Hatte sich jemand heimlich Zugang verschafft, um sich seine Sachen anzusehen, Bücher zu durchblättern oder womöglich Briefe und Tagebücher zu lesen? Wer würde so etwas wollen? Und hatte derjenige zwischendurch aus seiner Tasse getrunken und sie dabei angestoßen? Warum war der Eindringling weniger sorgsam und hinterließ Kratzer, Flecken, gelockerte Schrauben und andere kleine Schäden?

Am Abend entdeckte er im Bad einen Schnitt auf seinem Arm, mehrere Zentimeter lang, quer über die Oberseite des linken Unterarms. Die Verletzung musste schon etwas älter sein, es gab keinen Schorf mehr, nur ein dunkelroter Strich neu verheilter Haut. Er hatte sich in letzter Zeit nicht verletzt.

Hatte der Eindringling ihn im Schlaf in den Arm geschnitten, und er hatte es nicht gemerkt? Letzteres was sehr unwahrscheinlich. War das überhaupt sein Arm?

# Berauscht

Ich folgte Olli die Kellertreppe hinunter, nachdem er mich an der Haustür in Empfang genommen hatte. Er ließ mich kaum zu Wort kommen und meinte, er würde heute wohl nicht gut spielen, da sein Tag so stressig gewesen war. Dass es nichts Schlimmeres gab als die Eltern von Musikschülern, außer vielleicht den Schülern selbst, konnte sogar ich mir vorstellen. Unten im Keller, der ein bisschen nach Heizöl und Waschmittel roch, nötigte er mir eine Bierflasche auf und nahm sich selbst eine aus dem Kühlschrank im Vorratskeller mit. Sein wirklich gutes Equipment sei in seinem Probekeller zu Hause, hatte er mir damals gesagt, als er mich nach meinem Auftritt angesprochen hatte, also war ich gespannt. Ich kannte ihn ja kaum und jetzt durfte ich schon ins Allerheiligste.

Ich wohnte erst seit einem Jahr in der Stadt, wegen meiner Arbeit war ich umgezogen und hatte meine alte Band aufgeben müssen. Nach kurzer Zeit war ich in hier eine neue eingestiegen. Meine Bandkollegen hatten mir schon Einiges von Olli erzählt. Er war seit Ewigkeiten eine Größe in der lokalen Rockszene, war schon in einigen Bands Leadgitarrist gewesen und spielte jetzt noch in einer Coverband, die mit Auftritten auf allen möglichen Festen Geld einbrachte, und in einer Bluesrock-Combo, weil das eigentlich sein ureigenstes Ding sei, wie er sagte. Außerdem betrieb er die einzige private Musikschule weit und breit. Bei allen Konzerten in der Gegend, die irgendwas mit Rock zu hatten, stand er gern in der ersten Reihe, wiegte sein langes Haupthaar und passte auf, dass niemand etwas Falsches spielte. Hatte er genug gehört, ging er zurück nach hinten zu seinen Freunden zum Bier trinken. Meine Bandkollegen hatten mich spöttisch gewarnt vor dem Musikpolizisten, der hier regelmäßig auf Streife ging und sein Revier kontrollierte. Ollis Wohlwollen verdankte ich wahrscheinlich der Tatsache, dass ich ihm keine Konkurrenz machte. Unsere Band machte Retro-Postpunk, da wären bluesige Soli vollkommen fehl am Platz. Nach dem Gig, der aus meiner Sicht eher mittelprächtig gelaufen war, als ich meine Sachen zusammenpackte, kam er mit seiner Bierflasche auf die Bühne und sprach mich an. Solche *The Cure*-mäßigen Sachen hätte er schon lange nicht mehr gehört, wäre wirklich cool gewesen, und so rein songdienliches Spiel hätte auch was, gute Rhythmusgitarristen wären ja auch eher selten. Nur mein Sound wäre so harsch und spitz, da müsste ich noch dran arbeiten.

Ich hatte geantwortet, dass es genau so klingen sollte, und ich lange daran gearbeitet hätte. Vielleicht sei die Akustik in dieser Mehrzweckhalle nicht gut. Während er meine Ausrüstung begutachtet hatte, vor allem meine Effektpedale, hatte ein Wort das andere gegeben und schließlich hatte er mich eingeladen, mal ein paar Geräte zusammen auszuprobieren. Und jetzt war ich da.

»Steht alles im Keller«, meinte Olli »Hab ich mir vor ein paar Jahren angewöhnt, damit die Kinder nicht drangehen. Da sind doch zu viele teure Sachen dabei. Oder welche, an denen ich zu sehr hänge. Oder meistens beides zugleich.«

Verstärker, Instrumente, Gitarrenkoffer, ein großer, alter Teppich und ein noch älteres Sofa, Schalldämmung unter der Decke, Kabel kreuz und quer auf dem Boden, Poster und Lichterketten an den Wänden – hätte noch ein Schlagzeug dagestanden, wäre es ein Band-Proberaum wie aus dem Bilderbuch gewesen. Dafür war der Kellerraum allerdings zu klein.

»Schade, dass du deine Gibson nicht mitgebracht hast. Eine Gibson SG mit P-90-Tonabnehmern habe ich lange nicht mehr in der Hand gehabt.« Wie hätte ich den Satz, er habe genug Gitarren zu Hause, denn sonst verstehen sollen?

Er schaltete einen Verstärker ein, den Namen des Herstellers habe ich vergessen. So ein kleiner Verstärker mit Tweed-Stoff-Bespannung und Drehknöpfen wie von einem uralten Bügeleisen, der irgendwie nach Möbelstück aussah oder nach einem alten Röhrenradio mit den Ausmaßen eines kleinen Schränkchens. Er hatte bestimmt ein Heidengeld gekostet.

»Die Endstufenröhren müssen erst mal warm werden.« meinte er und holte eine Telecaster-Gitarre aus ihrem Koffer, die so verschrammt aussah, als habe sie vierzig Jahre Dauereinsatz hinter sich. Ich war ziemlich sicher, dass sie künstlich gealtert worden war, denn Olli zappelte zwar ziemlich viel herum beim Spielen, ging aber nicht wirklich grob zur Sache. Vielleicht war sie auch gebraucht gekauft.

»Meinen Blog über Verzerrerpedale hast du gelesen?«, fragte er. Hatte ich nicht, weil ich bis gerade keine Ahnung hatte, dass Olli irgendetwas geschrieben und ins Internet gestellt hatte. Aber wenn, wäre klar gewesen, dass er über Elektrogitarren oder Verstärker schrieb oder eben über die kleinen Metallkistchen mit Fußschalter und ein bisschen Elektronik drin, die man zwischen die beiden schalten konnte, um den Klang zu verzerren und die Töne zu verlängern.

»Hast du deine Tretmine von eurem Gig neulich mitgebracht?« Ich reichte ihm das orangerote Pedal.

»Der BOSS DS-1,« sagte Olli »ist so eine Art Industriestandard, man könnte auch sagen, ein Klassiker, aber ich finde, das ist eher so eine schrille Säge. So *Grunge*-mäßig, so eine Kurt Cobain-Zerre.«

Er hatte mittlerweile seine Gitarre umgehängt, ein paar Pedale verkabelt, meines eingeschlossen. Der Verstärker summte. Olli trat auf den Fußschalter meines Verzerrter und spielte ein paar Töne. »Typische Rockzerre, ziemlich harsch vielleicht.«

Er zeigte auf ein ziemlich großes Kistchen aus gefaltetem Blech.

»Der könnte was für dich sein, ein Electro Harmonix Big Muff.« Er spielte ein paar Melodien auf den hohen Saiten, dann drückte er mir die Gitarre in die Hand.

»Der summt so David Gilmour-mäßig, so fett und rund mit viel Kompression, fast schon wie eine Geige.« Fast schon zu schön, fand ich, und schlug einen schnellen Rhythmus auf den tiefen Saiten, die ich gleichzeitig abdämpfte. Es klang eher unschön sägend und auch nicht wirklich so präzise, wie ein abgedämpftes Riff klingen soll. Ziemlich gemein von mir, aber genau deswegen besaß ich selbst keinen Big Muff, weil ich die abgestoppten Riffs unbedingt brauchte. Ich hatte das schon mehrmals im Musikgeschäft oder bei anderen Gitarristen probiert.

»Hm, ja, für solche Sachen ist der Muff nicht so gut, so Heavy Metal-Riffs, das wird dann zu wattig. Das ist eher was für ein Distortion-Pedal.« Er holte aus einem Regal ein schwarzes Kistchen hervor und tauschte es gegen den Big Muff aus.

»Die ProCo Rat! Meine ist noch ein altes Schätzchen aus den Achtzigern, erste Produktion und immer noch die beste. Crispe Höhen und straffe Bässe!« Er schrappte ein paar Hard Rock-Gassenhauer und fiedelte ein Solo, das zugegebener Maßen gut klang, bissig, aber trotzdem rund. Ich wollte auch etwas ausprobieren und konnte ihm schließlich die Gitarre entlocken. Ich spielte und wechselte zwischendurch die Tonabnehmer. Es passierte genau das, was ich erwartete, es klang alles ziemlich gleich.

»Die Rat hat einen tollen Eigenklang, na gut, da geht der Charakter der Gitarre etwas verloren. Damals, als ich angefangen habe zu spielen, war das vielleicht auch besser so, haha. Im Ernst, ein toller Zerrer, habe ich schon fast dreißig Jahre, alles original. Damals war der Lötzinn noch ein anderer, nix mit EU-Verordnungen, von wegen kein Blei und Cadmium im Lötzinn. Deswegen klingt der noch so schön giftig, haha!« Er nahm den letzten Schluck Bier aus seiner Flasche und dudelte selbst noch ein bisschen herum. Dann nahm er gleich drei Geräte, zwei runde Tellerminen und ein kleines, grünes Kästchen.

»Dann brauchen wir später nicht mehr so viel rumzustöpseln. Das sind zwei Fuzz Faces, eins mit Siliziumtransistoren und eins mit Germanium, sonst baugleich. Silizium klingt ein bisschen spitzer, Germanium etwas runder, kommt drauf an, was man musikalischer findet beziehungsweise welche Gitarre man dranhängt. Man kann den *Gain* so runterregeln, dass man nur ein bisschen Flaum auf dem Ton hat, so ein bisschen was Haariges. Aber meistens brauche ich es richtig borstig. Dann wollen wir mal ein Fuzz aufmachen, hehe.«

Er spielte Jimi Hendrix-Riffs, die auch erstaunlich echt klangen, vermutlich, weil er sie seit dreißig Jahren übte. Tatsächlich klangen die beiden Fuzz-Pedale etwas anders, das eine mehr wie auf dem Kamm geblasen, das andere mehr wie ein Rasierapparat. Oder vielleicht doch wie ein großes wütendes Insekt. Das hatte was, ohne Frage.

»Der klingt jetzt so abgefahren, weil ich eine fast leere Batterie eingebaut habe, absichtlich, meine ich. Das tönt besonders geil, wenn die Transistoren spannungsmäßig etwas unterhalb des Arbeitspunkts sind, das gibt noch eine Extraportion Rotz in den Ton, so bröckelig irgendwie.«

Ollis Blog über Verzerrerpedale konnte ich mir wirklich sparen, wenn er dort auch nur Phrasen von sich gab, die er in hundert anderen Blogs und Foren aufgesogen hatte, bis in den Wortlaut. Zugegebenermaßen war hier die Tonqualität der Klangproben besser als im Internet. Er spielte immer weiter, und mit jedem Ton, den er in die Länge zog, wurden seine Augen glasiger.

»Hier ist dann noch ein echter Klassiker, ein Ibanez TS-808 Tubescreamer. Nicht der TS-9, die Massenware, sondern ein handverlöteter TS-808, eine Wiederauflage nach den Originalspezifikationen von 1978, made in Japan. Das ist natürlich ein Overdrive, also nicht so aggressiv wie die Sachen, die wir vorher hatten, klingt aber einfach endgeil, und für Bluesrock gibt es nichts Besseres.«

Ich hatte es mir inzwischen auf dem Sofa bequem gemacht und erwartete schon nicht mehr, selbst spielen zu können. Nur ein zweites Bier hätte ich gern gehabt. Olli schien aber eine eiserne Regel aufgestellt zu haben, dass jeder pro Abend nur eine Flasche bekam, ihn selbst eingeschlossen.

»Jetzt habe ich am Verstärker den *Gain* etwas mehr aufgedreht, so dass die Röhren schon etwas in die Sättigung gehen, den *Drive* am Tubescreamer wieder etwas rausgenommen, dafür den Signalpegel mehr aufgedreht, um den Verstärker mehr anzublasen. Klingt sehr cremig, aber mit einem leichten Knirschen im Ton, einfach herrlich.«

Olli spielte Stevie Ray Vaughan-Soli und klang genau wie – Stevie Ray Vaughan. Die Musik war nicht so spannend, aber der Gitarrenton war ein echter Genuss.

»Es klingt immer besser, wenn mehrere leicht verzerrende Elemente hintereinander in der Signalkette liegen als wenn ein Teil stark zerrt. Eine kaskadierte Verzerrung sozusagen. Jetzt nehme ich noch das Germanium-Fuzz Face dazu, um noch eine Extraportion Dreck in den Ton zu kriegen.«

Jetzt kam so eine Art Hupen oder Fiepen dazu, dass in merkwürdige Oszillationen umkippte, sobald Olli versehentlich ein weniger harmonisches Intervall anschlug, und das passierte immer öfter. Seine Finger rutschten jetzt eher ungelenk über den Gitarrenhals, die Bewegungen hatten etwas Fahriges bekommen, soweit ich das überhaupt noch beurteilen konnte. Es klang entschieden gut und interessant, aber eher schleppend und psychedelisch als bluesig. Statt endloser Soli spielte er jetzt recht simple Riffs, teils unfreiwillig synkopiert und mit weniger harmonischen Intervallen, so eine Art Doom Metal, der mir ganz gut gefiel. Nur bekam ich so langsam einen Druck auf den Schläfen und leichten Schwindel. Morgen würde ich ernsthafte Kopfschmerzen haben. Man soll halt nicht zu viele verschiedene Sachen durcheinander hören. Wie würde es Olli erst ergehen?

Olli versuchte mir etwas zu erklären, was ich nicht mehr recht verstand. »Nur noch mal probieren…« Ich nahm ihm vorsichtig die Gitarre aus der Hand, schaltete den Verstärker aus und packte mein Pedal wieder ein. Um ihn die Kellertreppe hochzubringen, legte ich seinen Arm über meine Schulter. Im Obergeschoss musste seine Familie längst schlafen. Ich legte ihn im Wohnzimmer aufs Sofa. Er schnarchte, bevor ich ihn richtig zugedeckt hatte.

# Aschenputtel

Ich hatte von Anfang an ein komisches Gefühl bei diesem Prinzen. Aber ich wollte unbedingt heraus aus meiner Familie: der vertrottelte Vater, der sich von seiner neuen Frau und deren Tochter auf der Nase herumtanzen ließ, die niederträchtige Stiefmutter, die nur für ihre verwöhnte Tochter da war, und die Stiefschwester selbst, die gespaltene Persönlichkeit, die sich für den besten Menschen der Welt hielt und trotzdem abgrundtief egoistisch bis zur Bösartigkeit war. Die ganze schmutzige oder schwere Hausarbeit haben sie mir aufgebürdet, zur Belohnung gab es die Reste von ihrem Essen und die abgetragenen Kleider der Stiefschwester. Hätte ich den Prinzen geheiratet, wäre ich das Trio und das ganze Elend losgeworden, aber was hätte ich dafür bekommen? Den Rest meines Lebens hätte ich an der Seite dieses Tanzbären und Fußfetischisten verbringen und seine Kinder bekommen und aufziehen müssen. Mir wurde schon am ersten Tag auf seinem Ball klar, dass ich ihn nicht wollte, aber ich bin auch an den folgenden zwei Abenden hingegangen, weil ich hoffte, einen besseren Mann kennenzulernen. Wenn dieser Trottel von einem Prinzen nur einen anderen hätte mit mir tanzen lassen! Nach ein paar Stunden konnte ich ihn nicht mehr ertragen und musste raus aus dem Ballsaal. Am ersten Abend bin ich durch den Taubenschlag getürmt, am zweiten habe ich mich auf einem Birnbaum versteckt und am dritten bin ich nur noch weggelaufen. Dummerweise ist mein Schuh auf der schmutzigen Schlosstreppe kleben geblieben. Dieses Schloss war ein besserer Bauernhof – ein Taubenschlag auf dem Dach und ein Obstgarten hinter dem Ballsaal.

Dass ich behauptet hätte, meine verstorbene Mutter habe in Gestalt von Vögeln oder Bäumen zu mir gesprochen, war üble Nachrede, die meine Stiefmutter und ihre Tochter in die Welt gesetzt hatten. Angeblich hätten die Vögel mich sogar mit Kleidern und Schuhen für den königlichen Ball versorgt. Das war natürlich Unsinn. Was ich trug, waren Sachen der

Stiefschwester, die sich so viele Kleider erbettelt und erpresst hatte, dass sie selbst nicht mehr überblickte, was sie besaß. Da konnte ich das eine oder andere auf die Seite schaffen und in einem hohlen Baum verstecken. Sogar die Tanzschuhe, mit denen sie früher ihre ersten Tanzstunden hatte und die ihr nicht mehr passten. Mir aber schon. Frisch gewaschen und aufgearbeitet war das alles noch gut für den Ball.

Meine Stiefmutter hatte natürlich ihre Lieblingstochter zum Prinzenball geschickt, und ich musste ihr vorher noch das Haar flechten, die Schuhe putzen und so weiter. Ich äußerte den Wunsch, ebenfalls mit zum Ball zu gehen, wurde aber dazu verdonnert, die Küche aufzuräumen. Ich bin wie gesagt, trotzdem hingegangen, musste die ganze Zeit mit dem Prinzen tanzen, derweil die verschmähte Stiefschwester herumstand und jeden anderen, der sie zum Tanz bat, barsch abfertigte.

Der Prinz aber wollte, nachdem drei Ballabende vorüber waren, seine Tänzerin wiederhaben. Was man nicht haben kann, will man ja meist besonders verbissen. Und so zog er persönlich los, um den Fuß zu finden, der in den Schuh passte, der auf der Schlosstreppe kleben geblieben war. Das hätte auch funktionieren können, da wenige Frauen so zierliche Füße haben wie ich. Der Logik nach hätte er aber auch nach dem zweiten Schuh suchen können oder sich diesen zur Bestätigung zeigen lassen. Hat er aber nicht, es ging ihm nur darum, einen ausreichend kleinen Fuß zu finden.

Als der Prinz zur Anprobe in unser Haus kam, zog sich meine Stiefschwester mit dem Pantoffel zurück, damit der Prinz nicht sah, wie sie ihren Fuß hineinzwängte. Ob sie ihren alten Tanzschuh wiedererkannte? Die Stiefmutter riet ihr, sich die Hornhaut an der Ferse abzuhobeln, um einen schlanken Fuß zu bekommen. Das tat sie auch, und zwar bis auf den Knochen. Als der Schuh immer noch nicht passte, amputierten sie ihr sogar die Zehen.

Dem dusseligen Prinzen fiel weder auf, dass er meine Schwester auf dem Ball bereits gesehen, aber nicht mit ihr getanzt hatte, noch, dass ihr Gang in dem goldenen Schühchen reichlich schmerzhaft war. Er war glücklich, eine mit der richtigen kleinen Schuhgröße zum Heiraten gefunden zu haben. Die Stiefschwester verweigerte ihm, nachdem sie beim Hochzeitstanz noch einmal die Zähne zusammengebissen hatte, jeden Tanz, und ihre nackten Füße durfte er auch nicht sehen, geschweige denn anfassen. Kurze Zeit später verstarb sie an einer verschleppten Wundinfektion. Der Prinz kam nicht darüber hinweg, die Liebe seines Lebens so schnell wieder verloren zu haben, und begann, heftig zu trinken.

Ich brate mir jetzt eine Taube, gefüllt mit Linsen.

# Verrannt

Kurzentschlossen verließ ich die Autobahn an der nächsten Ausfahrt, um eine Abkürzung durch das alte Industriegebiet zu nehmen. Das Autoradio hatte gerade einen Unfall gemeldet, der vor dem Autobahnkreuz passiert war. Wenn ich dort im Stau stand, würde ich zu spät kommen. Es war schon nach drei Uhr, ich hatte nur noch eine knappe Stunde Zeit und noch einiges an Strecke zurückzulegen. Deswegen wollte ich über einen Schleichweg die nächste Autobahn und dann den Treffpunkt erreichen. In dieser Gegend abseits der Hauptstrecken war ich einige Male unterwegs gewesen, eigentlich musste ich den Weg leicht wiederfinden können. Erst durch den etwas heruntergekommenen Vorort mit Wohn- und Geschäftshäusern, an krummen und verstopften Straßen und roten Ampeln, am Bahnhof vorbei und dann durch ein weitläufiges Industriegebiet, in dem ich in meinem ersten Job manchmal zu tun gehabt hatte. War ich in den letzten zehn Jahren noch einmal hier gewesen?

Bahngleise verliefen neben der Straße, die dann eine Kurve nahm und an alten Werks- und Lagerhallen entlang führte. Einige Lastwagen standen an den Straßenrändern, früher waren es viel mehr gewesen. Einige dicke und dünne Rohrleitungen folgten der Straße auf Metallstelzen in vielleicht drei Metern Höhe. Sie überquerten dann die Straße und verschwanden hinter Zäunen auf einem Fabrikgelände. Die Grundstücke wurden immer größer, die Gebäude zogen sich hinter Gitter und Zäune zurück, teils mit Stacheldraht bewehrt. Schon seit geraumer Zeit hatte ich keinen Menschen mehr gesehen, vielleicht, weil es Samstagnachmittag war, vielleicht arbeitete hier auch werktags kaum noch jemand. Die Tankstelle hatte geöffnet, aber Kunden waren keine zu sehen. Einige Gebäude, an denen ich vorbeikam, zeigten Spuren von Verfall, andere schienen schon abgerissen worden zu sein. Abfälle lagen im Rinnstein und auf den unbebauten Flächen, Fast Food-Verpackungen, Flaschen, Dosen, Pappbecher und ähnliches, was zwar nicht schön war, aber zeigte, dass irgendwann doch Menschen hier gewesen seien mussten. Bald musste die Kreuzung kommen, an der ich in Richtung Autobahn abbiegen musste. Dem Gefühl nach hätte ich sie schon längst erreicht haben müssen, aber viel-leicht verwirrte diese verödete Industrielandschaft meine Zeit- und Raumgefühl. Auch die Firma, die ich damals besucht hatte und an deren Namen ich mich zu erinnern versuchte, konnte ich nicht entdecken.

Der Wagen erwischte mit dem rechten Hinterrad irgendwelchen Müll, der auf der Straße herumlag, und fing an, ein bisschen zu schlingern. Ich hatte einen Moment – oder länger? – nicht aufgepasst.

Ich hielt an und stieg aus. Tatsächlich schien der Reifen Luft verloren zu haben. Ein Reserverad hatte ich unter der Klappe im Kofferraum, einen Wagenheber auch. Aber ich fand keinen Schlüssel, um die Radmuttern zu lösen, obwohl ich den Kofferraum mehrmals durchsuchte. Hatte ich nicht, als ich vor Wochen oder Monaten den Wagen saubergemacht hatte, eine Tasche mit den Werkzeugen herausgenommen und womöglich in der Garage vergessen? Ich achtete darauf, immer ein paar Markstücke für Parkuhren im Handschuhfach zu haben, aber an das Werkzeug hatte ich nicht gedacht.

Wenn ich meinen Termin noch einhalten wollte, brauchte ich schnellstens einen Schraubenschlüssel. In der Tankstelle konnte ich Werkzeug bekommen. Und war da nicht viel näher ein kleines Wohnhaus gewesen, dass nicht verlassen ausgesehen hatte, eine Art Hausmeisterwohnung auf einem großen Fabrikgelände? Vielleicht konnte ich da einen Schlüssel ausleihen?

Ich räumte alles zurück in den Kofferraum, schloss den Wagen ab, ging, so schnell ich konnte, die Straße zurück und erreichte nach ein paar Minuten das Haus. Dessen Zustand hatte ich im Vorbeifahren wohl falsch wahrgenommen. Das Häuschen war dunkel, die Blumen im Garten waren in Wirklichkeit Unkraut, und die einzige Bewegung machte eine alte

Gardine, die aus einem zerbrochenen Fenster wehte. Es war genauso verlassen wie die Fabrik, auf deren Gelände es stand. Ich musste also weiter bis zur Tankstelle, und die war noch ein gutes Stück weit weg.

Weil es keinen richtigen Bürgersteig gab, lief ich auf der Straße weiter. Der Weg wurde lang und länger, die Straße beschrieb eine langgezogene Kurve und ging leicht bergab. Ich beeilte mich, und fast wäre ich auf dem feinen Schotter ausgerutscht, den der Regen von einem unbefestigten Hof auf die Fahrbahn gespült hatte. Waren nicht an der Stelle, an der mein Auto zur Seite geschlittert war, ebenfalls Sand und Schotter auf der Fahrbahn gewesen? Vielleicht war der Reifen gar nicht platt, sondern nur ins Durchdrehen gekommen. Ich hätte genauer nachsehen sollen statt den Reservereifen und den Schraubenschlüssel zu suchen.

Da fiel mir siedend heiß ein, dass ein kleiner Schraubenschlüssel unter dem Reserverad lag. Ich hatte die ganze Zeit nach dem großen alten Kreuzschlüssel gesucht, den ich früher zum Räderwechseln benutzt hatte, aber zur Notausstattung des Wagens gehörte ein kurzer Schraubenschlüssel, der eben unter dem Rad seinen Platz hatte. Wie hatte ich daran nicht denken können!

Pünktlich würde ich nicht mehr ankommen, aber wahrscheinlich würde meine Verabredung noch eine Weile auf mich warten. Nur durfte ich jetzt keine Zeit mehr verlieren. Die große Kurve könnte ich abkürzen, hinter den Fabrikhallen war eine unbebaute Fläche. Zäune oder Mauern, die den Weg hätten versperren können, waren nicht zu sehen, nur Unkraut und Gestrüpp.

In der Nähe der Fahrbahn hatten offenbar Lastwagen geparkt oder gewendet. Ich musste über tiefe Reifenspuren steigen, in denen teilweise noch Wasser stand. Ich beeilte mich, über die Fläche, die offenbar zum Abladen von Bauschutt verwendet worden war, vorwärts zu kommen, bis ich stolperte und fiel. Die rechte Hand schmerzte und blutete, ich hatte die Handfläche an einem zerbrochenen Ziegelstein aufgeschlagen. Außerdem taten die Knie weh. Ich war über einen Betonklumpen gestolpert, der halb von Unkraut überwuchert war, sodass ich nicht gesehen hatte, dass noch rostige Enden vom Bewehrungsstahl herausstanden, an denen ich wohl hängengeblieben war. Es half nichts, ich musste weiter. Ich war schon ein gutes Stück voran gekommen, als ich an das nächste Hindernis kam: große Gitter, offenbar ein umgekippter Bauzaun, der von Gestrüpp überwachsen war. Mein Auto war weiter hinten schon zu erkennen.

Die Zaunstücke waren zu groß und zu schwer und in Brombeerranken eingewachsen. Ich konnte sie weder überqueren, noch konnte ich mit meiner lädierten Hand eine so weit beiseite räumen, dass ich durchgekommen wäre. Ich suchte eine Lücke, aber der liegende Zaun reichte bis zur Mauer hinter der Fabrik, an der die Brombeeren hochwucherten. Es blieb mir nicht anderes übrig, als umzukehren und zur Straße zurückzugehen, um wieder an mein Auto zu gelangen. Als erstes musste ich die Hand verbinden, die immer noch blutete. Den Verbandskasten hatte ich vorhin noch in der Hand gehabt. Die Knie schmerzten, und die Hose fing dort an zu kleben. Weil meine Hose schwarz war, konnte ich nicht erkennen, ob sich der Stoff mit Blut voll sog.

Jetzt erst fiel mir auf, dass sich der Himmel zugezogen hatte, es wurde immer dunkler. Als ich die Straße wieder erreichte, fielen die ersten Tropfen. Sollte ich durch den Regen weiter laufen oder gab es eine Möglichkeit, sich irgendwo unterzustellen? Half mir das überhaupt, wenn der Regen nicht in absehbarer Zeit wieder aufhörte? Ich marschierte weiter.

Das Tageslicht war ganz verschwunden. Immerhin schalteten sich die Straßenlaternen an. Entweder funktionierte nicht jede, oder sie standen sehr weit auseinander. Ich fragte mich, ob ich nicht längst wieder an meinem Auto hätte angekommen sein müssen. Oder war ich wegen meiner Knie und vor Erschöpfung so langsam vorwärts gekommen? War das hier überhaupt die richtige Straße?

# Erwachen

Ich sitze in einem Wartezimmer und warte. Ich bin eigentlich nicht krank, vielleicht soll ich meine Mutter aus der Praxis abholen, oder ich muss zur Musterung. Der Flur, in dem ich sitze, sieht aus wie der Korridor in meiner Grundschule vor meiner alten Klasse. Jetzt stehen da allerdings Stühle mit erwachsenen Leuten. Der Unterricht muss also vorbei sein. Ich kann aber auch nicht weggehen, weil hinter dem Ausgang ein Wächter steht.

Das ist abstrus wie ein Traum, und das ist die einzig mögliche Erklärung: Ich träume das alles nur. Neben mir sitzt ein Mann in meinem Alter und erzählt wirres Zeug: von unheilbaren, nicht tödlichen Krankheiten oder davon, dass wir morgen in Uniformen gesteckt und als Kanonenfutter in einen aussichtslosen Krieg geschickt werden. Das ist alles reichlich langweilig, und ich würde am liebsten weg, zumal es draußen schon dunkel wird. Das geht aber nicht, ich habe eine Wartemarke gezogen, die ich nicht loswerden kann. Der Mann neben mir hat eine viel niedrigere Nummer und rechnet nicht damit, bald dranzukommen. Am Ende würde man mir eine ungewollte Arbeitsstelle zuteilen, die ich nicht ablehnen konnte, weil ich die Arztrechnungen meiner Mutter bezahlen musste.

Das wurde mir irgendwann wohl zu langweilig, und ich muss wach geworden sein, denn ich holte mein Fahrrad aus dem Keller, um zur Arbeit zu fahren. Der Morgen dämmerte herauf, die Laternen brannten noch, das Licht meiner Fahrradlampe kroch über den Radweg, auf dem Herbstblätter klebten. Der Radweg verlief neben einer Hauptstraße, auf der viele Autos zügig unterwegs waren.

Der Radweg kreuzte eine leere Straße, aber wie aus dem Nichts kam von hinten aus der Hauptstraße ein unbeleuchtetes großes Auto und bog ohne anzuhalten oder auch nur langsamer zu werden links ab, direkt auf mich zu. Ich konnte nicht mehr rechtzeitig stoppen, der Fahrer bremste nicht, ich sah die Front des Wagens direkt auf mich zukommen.

Ich schrecke auf, wie aus einem Alptraum, mit rasendem Herzschlag. Ich liege oder sitze aber gar nicht im Bett, sondern auf einer Bank in einem Schulflur und warte mit anderen darauf, dass wir einzeln zum Rektor aufgerufen werden, um unsere Abiturnoten zu erfahren. Der erste ist schon drin und kommt und kommt nicht wieder heraus. Mein Nebenmann erklärt mir umständlich, dass ich mit meiner Note nie und nimmer eine Studienzulassung für irgend ein interessantes Fach bekäme und mich wahrscheinlich für Verwaltungstherapie einschreiben müsse.

# Betten

Ich verabschiedete mich von den Kollegen und von meinen Freunden, ich würde sie nicht mehr wiedersehen. Ich würde überhaupt nicht mehr viel sehen. Ich war alt, und den Rest meines Lebens würde ich allein meditierend verbringen. Mir war bewusst, dass vieles jetzt endgültig aufhörte, dass ich viel verlor. Ich war dabei völlig im Reinen mit mir, tiefster Frieden erfüllte mich.

Trotzdem wachte ich auf, nicht wie aus einem Alptraum, dessen Erschütterung mich aus dem Schlaf riss, ich war einfach wach und nach Orientierung suchend. Ich konnte mich an den Traum erinnern, und ich erkannte das Hotelzimmer wieder. Es ging auf halb drei Uhr nachts zu, es blieb noch genug Zeit, um nach einem Schluck Wasser wieder einzuschlafen. Das Fenster ließ sich nicht öffnen. Als ich am Abend angekommen war, hatte die Klimaanlage das Zimmer zu sehr aufgeheizt. Jetzt war die Luft angenehm, und das unpersönliche Hotelzimmer störte mich kaum, nicht einmal die Aussicht vom Bett auf den Fernseher. Was mich störte, war, dass ich mich an einige Details aus dem Traum nicht mehr erinnern konnte. War ich krank gewesen, war der eigene Tod in Reichweite? Wo wollte ich meditieren? Vor allem: Wer waren die Freunde, ich konnte mich an niemanden erinnern? Und warum die Arbeitskollegen in so einer Situation, Menschen, die mir nicht sonderlich nahe waren? Zum Glück schlief ich bald wieder ein.

Am Morgen entdeckte ich zufällig im Bad unter dem Waschbecken ein dünnes, kurzes graues Haar, und sofort fiel mir mein Traum wieder ein. Das Zimmer und besonders das Bad waren sehr sauber. Das Haar war aber nicht von mir, sondern musste von einem vorherigen Gast trotz Zimmerreinigung liegengeblieben sein. Was hatte das mit meinem Traum zu tun? Stammte das Haar von dem Gast vor mir, von einem altem Menschen, der dabei war, sich vom Leben zu verabschieden, daran dachte oder davon träumte? Der vielleicht schon unheilbar krank war? Warum träumte ich dann davon?

Unter der Dusche fiel mir ein anderer Traum ein, in dem ich panische Angst zu ertrinken bekam, im Wachsein hatte ich solche Ängste nie gehabt. Damals war ich ebenfalls auf einer Dienstreise und musste in einem Hotel übernachten. Ein winziges Zimmer unterm Dach in einem altem Haus hatte ich bekommen, das ich ganz hübsch gefunden hatte, aber weil es Sommer gewesen war, auch recht stickig. Eigentlich hätte ich im Traum dort eher Platzangst bekommen müssen. Platzangst habe ich einige Male im Leben gehabt, vor allem als Kind, wenn ich in enge Hohlräume gekrochen war, unter Treppen oder Möbel. Angst vor Hunden hatte ich im Traum auch schon gehabt, die mir im richtigen Leben eher fremd war – das war in einem Gästebett gewesen bei Verwandten. Und war meine Cousine nicht mal von einem Hund gebissen worden? War ein altes Bett von ihr zum Gästebett geworden?

Meine Träume zu Hause waren anders, und einige kehrten in verschiedenen Variationen immer wieder: Ich fuhr zu schnell Auto, ohne zu sehen, wohin, in Autos, die ich früher besessen hatte, in Gegenden, in denen ich einmal gewohnt hatte oder die mir bekannt vorkamen, in denen es Nacht wurde, und das Licht am Auto funktionierte nicht. Ich sah nichts, ich fuhr immer schneller, ohne etwas dagegen tun zu können, aber niemals passierte ein Unfall, nicht einmal die Polizei hielt mich an. Oder ich kletterte Felshänge oder Mauern bis in schwindelnde Höhe hinauf und blickte in die Tiefe, auf Landschaften, Menschen und Dinge unter mir, stürzte aber nie.

Ich verließ das winzige Bad. Durch den halb aufgezogenen Vorhang kam Licht ins Zimmer und auf das Bett. Ein normales Hotelbett mit weißer Bettwäsche, jetzt zerknautscht, die Decke war auf die Seite geworfen. Hinter dem Bett eine Rückwand, mit Leselampe, Lichtschalter, Steckdose und einem Nachtschränkchen, alles funktional und noch ziemlich neu. War hier ein fremder Traum hängengeblieben, mit dem ich mich angesteckt hatte? Sickerten Traumbilder in Kopf-kissen oder Matratzen ein und konnten noch wochen- oder monatelang fremde Schläfer infizieren? War das noch niemandem aufgefallen? Vielleicht konnten sich zu wenige Menschen an ihre Träume bewusst erinnern, zu wenige hatten Gelegenheit, solche Zusammenhänge zu erkennen. Mir hatte ja auch nur ein Zufall geholfen. Schlafbeschwerden und Angstzustände konnten so erklärt werden anstatt mit fragwürdigen psychologischen oder psychosomatischen Theorien.

So ein Hotelbett musste der reinste Ansteckungsherd sein. Da half kein Waschen und kein Lüften. Vielleicht gäbe es andere Wege, die Aura eines Schlafplatzes zu reinigen und die fremden Bilder loszuwerden. Vielleicht konnte man positive Bilder darüber legen.

Da traf mich der Gedanke, dass ich dann auch meine Träume hinterlassen haben musste in den zahlreichen fremden Betten, in denen ich hin und wieder, meist für einige Nächte hintereinander, schlafen musste. Mir ganz Unbekannte waren nachts erschreckt aufgewacht, nachdem sie durch die Nächte gerast oder in tiefe Abgründe geblickt hatten, die in Wirklichkeit mir gehörten. Ich durfte auswärts nicht mehr träumen. Oder am besten nur noch zu Hause schlafen.

# Nachlassen

Das erste Schränkchen habe ich nicht zerhackt und verbrannt. Das hatte ich gekauft, um oben Papierkram und unten, in den großen Fächern, Werkzeug aufzubewahren, damals, als ich anfing, mir die Werkstatt im Hinterhaus einzurichten. Da steht es immer noch, ein solides Stück, massiv gebaut und ohne Verzierungen und Schnickschnack. Zufällig war ich auf die Anzeige mit der Wohnungsauflösung gestoßen, und weil die Wohnung nicht weit weg war und ich Zeit hatte, habe ich angerufen und bin hingegangen. Ein alter Witwer war gestorben, der Erbe löste die Wohnung auf und versuchte, alles zu Geld zu machen, was sich verkaufen ließ. Das Schränkchen gefiel mir gleich, ich musste den Sohn oder Neffen nur runterhandeln und zusagen, das Ding schnellstmöglich abzuholen. Den anderen Kram konnte ich nicht gebrauchen, Bett, Tisch, Stühle, Sessel, Geschirr und solches Zeug.

Das nächste Stück, auf gut Glück, war ein Nachtschränkchen, das hatte einer alten Frau gehört. Roch ziemlich komisch, als ich es zerlegt habe, nach Medizin irgendwie. War ein Versuch nach dem ersten Zufallstreffer und ist gut gegangen, ich musste es nur auseinandernehmen. Wackelig genug war es sowieso schon, und behalten wollte ich es auf keinen Fall. Mit dem Holz habe ich im Hinterhof ein Feuer gemacht. Die zertrümmerten Möbel habe ich immer verbrannt, bis sich die Nachbarn über den Qualm beschwert haben. Dann habe ich mir den Kanonenofen für die Werkstatt besorgt, da konnte keiner mehr was sagen. Höchstens darüber, wenn ich im Hof oder in der Werkstatt Möbel mit der Axt zerhackt habe, das wurde manchmal laut. Oder zersägt oder mit Hammer und Meißel zerlegt, je nachdem. War mir aber egal, da lief das Geschäft schon. Die Werkstatt, in der ich ab und zu auch was repariert habe, war mehr Tarnung als alles andere. Fahrräder oder so Zeug, Elektrokram, wenn er nicht zu kompliziert war, habe ich wieder zum Laufen gebracht. Deswegen hat sich auch niemand zu sehr über das Möbelzerhacken und Verbrennen beschwert. In den alten Häusern hier ging ständig etwas kaputt, da war es doch praktisch, wenn man jemanden kannte, der für einen Appel und ein Ei Sachen reparierte. Auch wenn derjenige komisch war oder womöglich irre. Sollte ja keiner wissen, was ich wirklich gemacht habe.

Ich habe schnell gelernt, wann es sich lohnte, Möbel zu kaufen. Immer nur aus Nachlässen oder wenn jemand Altes, Alleinlebendes plötzlich schwerkrank ins Heim oder wohin auch immer musste. Stand es nicht schon in den Anzeigen von den Wohnungsauflösungen, musste ich die Erben oder Angehörigen aushorchen. Plötzliche schwere Krankheiten oder Unfälle waren ein gutes Zeichen, genauso wie alte Leute als Vorbesitzer, die als verbittert galten oder als vergesslich, und vor allem unsympathische Kinder und schlecht gelaunte Erben. Die Zeitungsseiten mit den Todesanzeigen aufzuheben und mit denen zu vergleichen, in denen alte Möbel und Nachlässe verkauft wurden, half mir auch sehr. Meine Trefferquote wurde immer besser. Am Anfang kaufte ich noch möglichst viele Möbel, um das richtige Stück nicht zu verpassen. Mit der Zeit bekam ich ein Gespür, wo ich später suchen musste. Ich kaufte einen Transporter, um größere Stücke holen zu können oder solche aus größerer Entfernung.

Das erste Schränkchen hatte ein Fach mit doppeltem Boden, wie ich bemerkte, als ich es in meiner Werkstatt einräumte, eine Art Furnier, das passgenau in der Schublade lag. Die Schublade klemmte etwas, ich zog sie mit Gewalt daran, sie kam ganz aus dem Schrank heraus, und fiel mir aus der Hand und auf den Boden. Die dünne Platte kam heraus und der  Umschlag mit Geld, der herunter gelegen hatte, über tausend Mark. Der alte Mann musste das Geld dort versteckt haben, warum auch immer, und war gestorben, ohne es herauszunehmen, ohne es jemandem zu verraten und ohne das es derjenige, der den Schrank ausgeräumt hatte, gefunden hatte. Vielleicht hatte er es vor Dieben versteckt, dann vergessen, war zu plötzlich verstorben, oder er wollte einfach nicht das

Geld seinen Erben zukommen lassen. Ein Glückstreffer für mich, der mir aber außer Geld auch die Idee brachte, dass es noch mehr verstecktes Geld geben musste. Ich musste nur danach suchen. Die Kunst war, die Chancen abzuschätzen, wo es etwas zu holen gab, wer etwas zu verstecken und wer nichts gefunden hatte.

Das Nachttischchen, das ich als nächstes kaufte, gab mir recht. Diesmal war ein Umschlag mit Scheinen hinten an eine Schublade geklebt. Es gab so einfache Verstecke wie doppelte Böden, aber auch raffinierte wie Geheimfächer in Kommoden, ausgehöhlte Tischbeine, hohle Zwischenbretter. Furniere oder Beschläge, die sich abnehmen ließen, mit Fächern dahinter. Hinter oder in Bildern konnte Geld versteckt sein. Einmal habe ich den Umschlag, der hinter einem Bild klebte, schon in der Wohnung entdeckt und das Bild schnell wieder umgedreht, bevor der Verkäufer es sah, und einfach noch ein zweites Bild zum Abdecken dazu gekauft. Manche Leute erben und geben sich keine Mühe damit, können den alten Krempel nicht schnell genug loswerden. In Polstermöbeln war manchmal was versteckt, von unten hineingestopft, es waren Nähte geöffnet und wieder verschlossen worden – normalerweise von Frauen, Männern bastelten eher Geheimfächer.

Spätestens, wenn ich die Möbel zerlegt hatte, habe ich die Verstecke gefunden, wenn es denn welche gab. Manchmal habe ich mich natürlich verschätzt. Einige Wohnungen habe ich fast komplett ausgeräumt und nichts gefunden. Aber nicht oft. Manchmal war es richtig viel Geld, manchmal nur ein paar Scheine. Manchmal ausländisches Geld. Einmal Reichsmark, die vielleicht ein Vor-Vorbesitzer versteckt hatte. Manchmal Schmuck oder Münzen oder etwas, das sich gut verkaufen ließ. Natürlich in einer anderen Stadt, wo mich niemand kannte. Bei Sparbüchern oder anderen Sachen, für die man Ausweise oder Erbscheine brauchte, hatte ich Pech. Auch bei Briefen, Tagebüchern, Fotos, was alte Leute halt manchmal versteckten. Wenn ich es durchgesehen hatte, ob vielleicht doch noch Geld drin steckte, taugte das Papier nur noch, um das Feuer im Ofen damit anzumachen, wenn ich den Holzschrott verbrennen musste.

Wenige Scheine sind besser zu verstecken, also habe ich meinen Gewinn in große Scheine umgetauscht. Es muss ja niemand wissen, wieviel Geld ich im Laufe der Zeit gefunden habe. Ich habe es zusammengerollt und in den Griffen von verschiedenen Werkzeugen versteckt. Vorher hatte ich Verstecke in eigenen Möbeln benutzt, ein Tischbein etwa hatte ich ausgehöhlt und mit passenden Holz verschlossen, aber das war immer noch zu offensichtlich. Das Werkzeug war besser, ich konnte es sogar noch benutzen, und zusammengerolltes Geld macht keine verräterischen Geräusche, wenn es bewegt wird.

Gerne würde ich den großen Hammer wieder in die Hand nehmen, aber ich warte lieber noch. Letzte Woche habe ich mir einen dicken Splitter in den Daumen eingerissen, als ich die Kommode aus dem schlechten Holz zerhackt habe. Der Daumen ist jetzt noch dick und rot und pocht irgendwie. Ob mir deshalb so komisch ist? Und warum liege ich hier im Treppenhaus? Wie bin ich hierhin gekommen? Und wer sind die beiden Männern mit den roten Jacken, die mich hochheben?

# Science Fiction

Gottes Plan lautet tatsächlich, seine Geschöpfe im Diesseits zu prüfen, ob sie an ihn glauben und seine Gebote befolgen, und sie im Jenseits zu belohnen mit ewiger Glückseligkeit oder zu bestrafen mit ewiger Verdammnis. Und kein Haar auf keinem Kopf seiner Geschöpfe wird gekrümmt, ohne dass er davon weiß. Wahrhaftig, jedes Geschöpf ist frei, sich für oder gegen ihn zu entscheiden, und doch geht keine Entscheidung verloren, alles ist mit allem verknüpft, nichts geschieht zufällig oder gegen seine Absicht. Die Folgen jeder guten oder bösen Tat des einen sind wiederum Prüfungen oder Belohnungen eines anderen.

Das alles ist im Einzelnen sehr kompliziert und kaum zu begreifen. Deshalb ist die jetzige Welt nur ein Studienobjekt, ein Versuchslabor, mit dessen Hilfe die endgültige Ausfertigung erschaffen werden wird. Alle Versuchsgeschöpfe werden, wenn sie nicht mehr gebraucht werden, ein für allemal vernichtet.

# Ein Gitarrist

Am Anfang, vor vielen Jahren, war es oft vorgekommen, dass ich beim Spielen merkte, wenn ich eine Saite nicht richtig gegriffen hatte. Ein Finger der linken Hand lag nicht an der richtigen Stelle auf, kam eine Idee zu spät oder drückte zu schwach an, und der Ton wurde zu früh abgestoppt oder in seiner Entfaltung behindert, blieb zu leise oder zu dumpf. Oder ein Finger der rechten traf die Saite nicht richtig, mit dem Nagel oder der weichen Seite der Fingerkuppe, und auch dann schwang die Saite nicht so, wie sie sollte. Der schlechte Ton ging mir durch und durch, und ich musste mich zusammenreißen, um weiterzuspielen, ohne aus dem Fluss zu kommen. Besonders oft passierte mir das, wenn ein Tonbandgerät lief und ich wusste, dass ich jeden Fehler später nochmals hören würde. Dann brauchte ich viele Versuche, bis ich mit einer Aufnahme endlich einigermaßen zufrieden war. Irgendwann bemerkte ich, dass die deutlich gefühlten Spielfehler gar nicht so deutlich auf der Aufzeichnung zu hören waren, wenn die synchrone Empfindung der Finger fehlte. Mein Spiel wurde immer besser, klarer und kontrollierter, weil das Fingergefühl immer genauer wurde und winzigste Fehler deutlich fühlbar waren. Die Finger wurden nicht etwa unempfindlicher, die Hornhaut an den Kuppen, die bei Gitarristen schnell nachwächst, trug ich beim regelmäßigen Üben ab, so dass sie immer gleich stark blieb.

Ich wurde älter, und mein Gehör wurde schwächer. Bei der Musik störte mich das wenig, die Finger hörten so gut wie vorher und auch der Brustkasten und die Bauchdecke nahmen genau die Schwingungen des Gitarrenkorpus auf. Ich musste nur aufpassen, am Bauch weder zu viel Muskeln noch zu viel Fett anzusetzen. Lärm hörte ich immer weniger, störende Umweltgeräusche und Gespräche, was mir wenig ausmachte. Ich probierte, mehr aus Pflichtgefühl, mit Hörgeräten zu üben, diese produzierten aber künstliche, verzerrte Klänge, mit denen ich nicht zurecht kam. Als Musiker mit Hörgerät hätte ich mir auch einen schlechten Ruf eingehandelt. So wirkte ich wie ein Künstler, der halt etwas abwesend und unzugänglich war. Nur in einigen Alltagssituationen trug ich eine Hörhilfe unter meinem langen Haar, manchmal musste man doch mitbekommen, was gesagt wurde oder was um einen herum geschah.

So ging meine Karriere im Aufnahmestudio und auf der Bühne weiter, mit Hilfe des Tast- und Bauchgefühls. Ich hörte die Gitarrentöne mit den Fingerspitzen und der Bauchdecke. Gerade auf der Bühne war es von Vorteil, den Applaus nur noch ganz leise im Hintergrund zu hören.

# Flimmern

Eine Lesebrille bräuchte ich noch nicht, sagte der Optiker, da ich die Testkarte mit der kleinen Schrift aus der Nähe lesen konnte. Es dauere im Alter nur länger, von fern auf nah zu fokussieren, da die Augenlinsen starrer und die Muskeln schwächer würden. Aber so lange es gehe, sollte ich die Augen noch fordern. Und überhaupt seien die Augen für mein Alter noch gut in Ordnung. Das Abstandhaltenmüssen zum Papier oder Bildschirm zwänge immerhin zu einer aufrechten Haltung, dachte ich.

Das mit der Lesebrille war schon eine große innere Erleichterung, sonst wäre ich mir alt vorgekommen. Tatsächlich war es mit dem Lesen kleiner Schrift immer schwieriger geworden, besonders, wenn es nicht hell genug war. Am schlimmsten waren CD-Hüllen, die als Replikate alter Schallplattenhüllen aufgemacht waren, eins zu eins verkleinert, aber in pixeligem Druck. Keine Ahnung, wer das lesen konnte. Aber auch normale Bücher im Schein der Leselampe zu lesen, war schwierig geworden. Es vergingen zwei, drei Seiten, bis ich scharf sah, ohne mich zu verlesen. So lange ließen sich die Augen fordern, bis sie nachgaben. Mein Gehirn versuchte, in den Buchstaben, die die Augen verschwommen erkennen konnten, Wörter wiederzuerkennen. Das funktionierte meistens recht gut, da mein Wortschatz riesig war. Eine neue Sprache würde ich allerdings durch Lesen nicht mehr lernen können. Das Lesen bei Kunstlicht war nicht das einzige Problem. Wenn ich an bewölkten Tagen zum Fenster blickte, wusste ich oft nicht, ob es regnete, oder ob meine Augen durch die ungeputzten Scheiben getäuscht wurden.

Das schwache Licht der Leselampe hatte aber auch Vorteile: Ich sah die *Mouches Volantes* nicht mehr, die »fliegenden Mücken«, Trübungen des Glasköpers im Auge, die manchmal durchs Gesichtsfeld schwammen wie ein Fisch im Aquarium, oder eher wie ein Pantoffeltierchen in einem Wassertropfen unter einem schlecht fokussierten Mikroskop.

Dafür fingen die angestrengten Augen nach einiger Zeit an zu flimmern. Zuerst dachte ich, das läge an der Leselampe. Ich kaufte eine neue, stärkere, das Licht war anders und heller, aber nach einiger Zeit sah ich wieder das Flimmern.

Was die CD-Booklets betraf, spitzte ich einfach die Ohren, um die Texte zu verstehen, zusammen mit den noch lesbaren Anfangsbuchstaben ließ sich der Sinn erschließen. Oft war das auch ein gutes Fremdsprachentraining. Der Nachteil dabei war, dass ich mir das Ohrenspitzen eigentlich schon längst abgewöhnt hatte. In dieser Welt wurde man verrückt, wenn man sich von jedem Geräusch ablenken ließ, von jedem Wort, das in der Nähe gesprochen wurde. Noch verrückter drohte ich von den eigenen Geräuschen zu werden, die gar nicht da waren: Meine Ohren hatten zu pfeifen bekommen, mal das eine, mal das andere, mal kürzer, mal länger. Manchmal kam der Sinuston und blendete sich gleich wieder langsam aus, manchmal blieb er stundenlang. Die Tonhöhe sank von Attacke zu Attacke. Die Hörleistung ist abhängig von der Tonhöhe, bei richtigen Geräuschen aus der Außenwelt genau wie beim Tinnitus. Die ganz hohen Pfeiftöne waren kaum zu vernehmen, wie ein ganz schwaches Knistern. Die tieferen Summtöne wurden immer deutlicher und waren nicht zu verwechseln mit dem tiefen Rauschen in den Ohren, das von einem überhöhten Puls oder einem abgesackten Kreislauf herrührte. Die Lebensdauer der Hörzellen für die höheren Frequenzen soll auch kürzer sein als die für tiefe. War der Tinnitus ihr Schwanengesang, das Abschiedslied einer sterbenden Hörzelle, so erreichten die Lücken im Hörspektrum wohl langsam die im Alltagsleben wichtigen Bereiche. Auf hohes Quietschen wie von langen Kreidestücken auf einer Tafel oder auf die Obertöne von Querflöten und Violinen hätte ich noch verzichten mögen, was aber, wenn ich eines Tages Verständnisschwierigkeiten im täglichen Umgang bekäme?

Verdammte Müdigkeit auch, die mich nach einiger Zeit hinderte, Sinnzusammenhänge zu verfolgen – oder gar herzustellen. Eine halbe Stunde konzertierter Arbeit war möglich, eine dreiviertel Stunde mit Glück wohl auch, eine Stunde war schon schwierig. Die Zeit hatte sich für mich immer leicht messen lassen in Form von Musik. Ganze Nachmittage oder Abende hatte ich früher unter Musikbeschallung hindurch gelesen, geschrieben oder gezeichnet. Jetzt lief eine Schallplatte, eine CD, zehn oder zwölf Songs, durch, dann war mein Hirn auch durch. Ich hatte so vertieft gearbeitet, dass ich die Musik gar nicht bewusst wahrgenommen hatte. Aber nach einiger Zeit war ich ohne Musik raus aus der Konzentration, sie hatte mich wach gehalten und Störgeräusche überdeckt. Früher konnte ich gleichzeitig lesen und Musik hören – na gut, nur, wenn ich die Musik schon gut kannte, sonst erforderte sie zu viel Aufmerksamkeit –, jetzt ging das nicht mehr.

Lesen war trotz aller Verschwommenheit des Schriftbildes ziemlich einfach, Lesen war immer ein gutes Stück die Erwartung von Buchstaben und Sinn aus dem Zusammenhang heraus. Aber das Kompensieren durch kognitive Leistung ermüdete mich rasch. Nach einiger Zeit kam ich beim Lesen raus, ich hatte vergessen, wer welche Rolle im Roman spielte, was er vorher getan und erlebt hatte und was jetzt wichtig war, um dem Text einen Sinn abzugewinnen oder eine Pointe zu verstehen. Bei einem Fach- oder Lehrbuch musste ich mich geradezu gewaltsam an die Axiome und Definitionen vom Anfang des Kapitals (oder gar des einfühlenden Kapitels) erinnern – oder nachschlagen –, um die Schlussfolgerungen nachvollziehen zu können. Ich sprang zu nicht verstandenen Abschnitten zurück und übersprang danach beim Weiterlesen die dazwischenliegenden verstandenen Teile, da sich das wiederholte Lesen eines bereits aufgenommenen Abschnitts als irritierend bis unmöglich erwies. In einem Roman kam es vor, dass eine Dialogszene von Kommentaren des Autors unterbrochen wurde und danach eine Figur redete, die vorher nicht dabei war, während ich eine andere vermisste. Hatte mein Gedächtnis versagt oder der Autor gepfuscht? Und der Lektor es nicht bemerkt? Gab es noch Lektoren? Wenn ich ein Buch ausgelesen hatte, suchte ich im Internet nach Besprechungen, um dann festzustellen, dass die Rezensenten und ich recht unterschiedliche Auffassungen und Interpretationen von dem Werk hatten. Wobei das Lesen von Rezensionen wieder Lesen mit all seinen Problemen bedeutete: Es vergingen zwei, drei Minuten, bis ich scharf sah, ohne mich zu verleben. Glaskörpertrübungen schwammen durchs Gesichtsfällt wie Pantoffeltürchen im Aquariurn. Die angestrengten 4ugen fingen an zu flinnnern.

Das alles vergellte mir nach und nach den Spaß am Lesen, und so blieb nur, selbst Texte zu verphasen. Endstand alles in meinem Kopf, musste ich mich nicht auf meine Sinne und meine Auffassungsgabe verlassen, darauf, alles Wichtige aufgenommen zu haben. Es ging ja nicht darum, etwas aufzunehmen, sondern herauszulassen. Anfangs schrieb ich noch kurze Texturen, anschauerliche Geschichten, dann ging ich nach und nach und nach dazu über, immer längere und immer abstraktere Spekulationen über das Leben, den Tod, die Welt und überhaupt alles, was mir durch den Kopf ging, zu entfernen, denn mein Gedächtnis hatte bedeutend weniger Mühe, die eigenen Gedanken festzuhalten als das, was ein fremdes Hürn ersonnen hatte, auch wenn ich das manchmal gern wieder vergessen hätte.

# Schneewittchen

Es war einmal mitten im Winter, als der Schnee in dicken Flocken vom Himmel herunter schwebte, dass eine Königin an ihrem Fenster saß und nähte. Wie sie nähte und den Schneeflocken hinterher sah, stach sie sich mit der Nadel in den Finger, und drei Tropfen Blut tropften in den Schnee. Das Fenster hatte zwar einen Rahmen von schwarzem Ebenholz, aber keine Scheibe (obwohl Glasscheiben schon erfunden waren, wir wir später sehen werden). Oder das Fenster stand offen. Jedenfalls waren die klammen Finger ungeschickt, und sie stach sich. Und wie das rote Blut im Schnee so schön aussah, dachte sie bei sich: »Hätte ich doch ein Kind so weiß wie Schnee, so rot wir Blut und so schwarz wie das Holz!« Bald darauf bekam sie eine Tochter, die war so weiß wie Schnee, so rot wie Blut, und natürlich war nur das Haar so schwarz wie Ebenholz. Und es wurde darum Schneewittchen genannt. Die Königin starb bei der Geburt, oder vielleicht als Spätfolge des Nadelstichs.

Der König, der in der ganzen Geschichte nur als Vater Schneewittchens gebraucht wird, nahm sich eine neue Gemahlin, die sollte auf Schneewittchen aufpassen. Dabei half ihr ein Zauberspiegel, den sie besaß. Vor den trat die junge Königin hin und sprach:

»Spieglein, Spieglein an der Wand, wo ist die Schönste im ganzen Land?«

Und der Spiegel antwortete:

»Frau Königin, Schneewittchen schläft im Kinderzimmer, und Eure Schönheit ist auch nicht zu verachten.«

Da war's die Königin zufrieden, dass sie mit dem Schneewittchen keine Probleme hatte und sich auch einmal um sich selbst bekümmern konnte. Denn der Spiegel sprach immer die Wahrheit.

Schneewittchen aber wuchs heran und wurde immer schöner und lebhafter.

Als die Königin wieder ihren Spiegel fragte:

»Spieglein, Spieglein an der Wand, wo ist die Schönste im ganzen Land?«

so antwortete der Spiegel:

»Frau Königin, Ihr seid die schönste Frau im Land. Aber Schneewittchen ist tausendmal schöner als Ihr und spielt im Garten.«

Genervt wandte sich die Königin vom aufdringlichen Spiegel ab.

Da begab es sich, dass Schneewittchen mit dem Jäger in den Wald zog, um der Königin ein Wild zu jagen. Nachdem die beiden einen Frischling getötet hatten, ging Schnee- wittchen verloren – sei es, dass der Jäger zudringlich wurde, und sie flüchtete, oder dass Schneewittchen einfach allein in den Wald lief und nicht mehr zurückfand. Der Jäger erzählte irgendeine Geschichte und übergab der Königin Leber und Lunge des Frischlings – die besseren Stücke hatte er heimlich beiseite geschafft, oder Schneewittchen hatte sie als Weg- zehrung mitgenommen. Die Königin ließ Leber und Lunge in Salzwasser kochen und aß sie auf, denn sie meinte, eine so saumselige Stiefmutter wie sie habe keine bessere Speise verdient.

Schneewittchen jedenfalls durchquerte mutterseelenallein den großen Wald. Vermutlich bekam sie Angst und lief ein- fach geradeaus, immer weiter, bis sie ein Häuschen erreichte. Demzufolge schaffte sie es, sich weder an den spitzen Steinen auf ihrem Wege die Beine zu brechen, noch sich an den Dor- nen zu verletzen, und auch alle Tiere des Waldes taten ihr nichts. In dem Häuschen war alles klein, aber reinlich und zierlich gearbeitet. Ein Tischlein war siebenfach eingedeckt mit kleinen Tellern, Löffeln, Messern, Gabeln und Bechern. Im Hintergrund standen sieben kleine Betten mit weißem Bettzeug. Schneewittchen war nun hungrig, durstig und müde von der Lauferei, sie trank aus jedem Becher ein Schlückchen Wein, aß von jedem Teller ein bisschen Brot und Gemüse, denn sie wusste nicht, ob in allen Bechern der gleiche Wein, ob das Essen auf einem Teller besser als auf einem anderen war. Hernach legte sie sich ins nächstbeste Bett, fand es zu klein, probierte das nächste und so weiter, bis sie schließlich im siebten Bett einschlief.

Als es ganz dunkel geworden war, kamen die sieben Zwerge nach Haus zurück, denen das Häuslein gehörte. Tagsüber arbeiteten sie in den nahegelegenen Bergen, wo sie Stollen gruben und nach Erz suchten. Offenbar bereiteten sie jeden Morgen, bevor sie zur Arbeit gingen, schon das Abendessen vor. Sie zündeten nun im Haus ihre Lichter an und bemerkten, dass jemand darin gewesen war: »Wer hat auf meinem Stühlchen gesessen?« fragte der erste, »Wer hat von meinem Tellerchen gegessen?« der zweite. »Wer hat von meinem Brötchen genommen, wer hat von meinem Gemüschen gegessen, wer hat mit meinem Gäbelchen gestochen, mit meinem Messerchen geschnitten, aus meinem Becherchen getrunken, in meinem Bettchen gelegen?« redeten sie durcheinander, bis endlich einer das schlafende Schneewittchen fand und die anderen herbei rief. Sie schrieen auf vor Verwunderung, als sie ihre sieben Grubenlampen auf das schlafende Schneewittchen richteten: »Ei, du mein Gott, wie ist das Kind so schön!«. So groß war ihre Freude, dass sie Schneewittchen nicht aufweckten, sondern sich zu siebt die sechs übrigen Bettchen teilten.

Am Morgen erwachte Schneewittchen, und als es die sieben Zwerge sah, kleine, hutzelige alte Männer, die um das Bett herum standen, erschrak es sehr. Sie waren aber freundlich zu ihm, fragten nach seinem Namen und wie und warum es hergekommen war. Schneewittchen erzählte eine wirre Geschichte über ihre Stiefmutter und einen Jäger, die sie nicht recht verstanden und vielleicht auch nicht verstehen wollten, denn sie hätten das Schneewittchen gern bei sich behalten. Sie fragten es: »Willst du nicht unseren Haushalt versehen, für uns kochen, die Betten machen, saubermachen, waschen, nähen, stricken und so weiter, so kannst du bei uns bleiben und es soll dir ans nichts fehlen.« »Von Herzen gern.«, sagte das Mädchen. Sie hielt den Zwergen das Häuschen in Ordnung, wenn sie morgens in ihr Bergwerk aufgebrochen waren, um Erz und Gold zu suchen. Wenn sie abends wiederkamen, stand das Essen dampfend auf dem Tisch. Tagsüber blieb Schneewittchen allein. Die Zwerge warnten es und sprachen: »Lass niemanden herein und hüte dich vor deiner Stiefmutter, vielleicht findet sie heraus, dass du hier bist.«

In der Tat, nachdem die Schweinelunge aufgegessen war, trat die Königin vor ihren Spiegel und sprach:

»Spieglein, Spieglein an der Wand, wo ist die Schönste im ganzen Land?«

und der Spiegel antwortete:

»Frau Königin, hier seid immer noch Ihr die Schönste, aber das Schneewittchen hinter den sieben Bergen bei den sieben Zwergen ist noch tausendmal schöner als Ihr – falls Ihr die meint.«

Die Königin war erleichtert, dass Schneewittchen noch am Leben war, und beschloss, heimlich nach ihr zu sehen. Sie verkleidete sich als eine alte Krämerin, so dass sie niemand erkannte, nahm zum Schein Waren mit, die ihr gerade in die Hand kamen und ging los über die sieben Berge zu den sieben Zwergen. Sie klopfte an die Tür des Zwergenhäuschens und rief: »Schöne Ware zu verkaufen!« Schneewittchen schaute zum Fenster heraus, grüßte und fragte: »Was habt ihr zu verkaufen, gute Frau?« »Schnürriemen für euer Kleid, in verschiedenen Farben.« antwortete die Stiefmutter und zog einen hervor. »Die kann ich hereinlassen.«, dachte Schneewittchen und öffnete ihr die Tür. »Kind,« sprach die Alte, »wie siehst du aus. Komm, ich will dir das Kleid ordentlich schnüren.« Tatsächlich hatte Schneewittchen sich in letzter Zeit etwas gehen lassen, was sie auch selbst wusste. So hielt sie die Luft an und machte sich so dünn wie möglich, und die Alte schnürte ihr das Kleid fest zu.

Die Königin fand, dass es Schneewittchen bei den Zwergen gut ging und sie bei ihnen bleiben wollte, was sie ihr auch gönnte. So ging sie wieder nach Hause ins Schloss. Schneewittchen aber blieb die Luft weg ob ihrer Eitelkeit, so dass sie nach einer Weile ohnmächtig zu Boden sank. Als die Zwerge zum Abendbrot nach Hause kamen, fanden sie das leblose Mädchen und erschraken sehr. Sie hoben es auf, und da sie sahen, dass es zu fest geschnürt war, zerschnitten sie den Schnürriemen. Schneewittchen kam wieder zu sich, und als die Zwerge hörten, was geschehen war, sagten sie: »Die Hausiererin kann niemand anderes als die böse Königin gewesen sein. Lass niemanden mehr ins Haus, solange wir nicht da sind!«

Als die Königin wieder zu Hause war, trat sie vor ihren Spiegel und fragte:

»Spieglein, Spieglein an der Wand, wie geht es der Schönsten im ganzen Land?«

Der Spiegel antwortete:

»Frau Königin, Ihr seid die Schönste hier, aber Schneewittchen hinter den sieben Bergen bei den sieben Zwergen ist noch tausendmal schöner als Ihr. Heute vielleicht etwas blasser als sonst.«

Als sie das hörte, stieg ihr Blutdruck, sie begann sich wieder Sorgen zu machen, und sie beschloss, bald wieder nach Schneewittchen zu sehen. Um nicht aufzufallen, verkleidete sie sich diesmal als arme alte Frau und nahm im Herausgehen ein paar Dinge vom Frisiertisch mit, Kämme und Bürsten. Sie lief über die sieben Berge zum Haus der sieben Zwerge, klopfte an die Tür und fragte, ob man ihr etwas abkaufen wollte. Schneewittchen schaute aus dem Fenster, grüßte und sagte: »Ich darf leider niemanden herein lassen.« »Das Anschauen wird doch erlaubt sein.«, sprach die Königin und zog einen schönen Kamm aus der Tasche. Der gefiel dem Mädchen so gut, dass sie die Alte einließ, die ihr den Kamm zum Schein verkaufte. Heimlich musterte sie das Schneewittchen und konnte keine auffällige Blässe feststellen. »Dann kämm dir einmal ordentlich dein schönes Haar.«, sprach die Alte später zum Abschied. Schneewittchen tat wie ihr geheißen, als sie allein war. Sie überstimulierte wohl Akkupressurpunkte, denn sie wurde davon ohnmächtig und sank leblos zu Boden. Vielleicht neigte sie auch zu Narkolepsie oder Katatonie. Alsbald aber ward es Abend, und die hungrigen Zwerge kamen nach Hause. Als sie das Mädchen wie tot daliegen sahen, argwöhnten sie, die Königin könnte wieder da gewesen sein, suchten und fanden den Kamm, und kaum hatten sie ihn aus dem Haar gezogen, so kam Schneewittchen wieder zur Besinnung und erzählte den Zwergen, was sich zugetragen hatte. Da warnten sie Schneewittchen wieder und verboten ihr, irgend jemanden ins Haus zu lassen.

Als die Königin wieder zu Hause war, trat sie vor ihren Spiegel und fragte:

»Spieglein, Spieglein an der Wand, wie geht es der schönsten im ganzen Land?«

Der Spiegel antwortete:

»Frau Königin, Ihr seid doch die Schönste hier, aber Schneewittchen hinter den sieben Bergen bei den sieben Zwergen ist noch tausendmal schöner als Ihr. Sie wirkt vielleicht etwas bedrückt, aber irgendwie steht ihr das.«

Die Königin zitterte und bebte vor Angst. »Ich muss doch noch einmal zu ihr gehen und ihr etwas Gutes tun.« Sie verkleidete sich als Bäuerin, nahm einen Korb schöner Äpfel und lief los über die sieben Berge zu den sieben Zwergen. Sie klopfte an die Tür, und Schneewittchen steckte den Kopf aus dem Fenster und sprach: »Ich darf niemand einlassen, das haben die sieben Zwerge verboten.« »Na gut«, lenkte die vermeintliche Bäuerin ein, »dann lass dir wenigstens diesen schönen gesunden Apfel schenken.« »Nein«, antwortete Schneewittchen, »annehmen darf ich wahrscheinlich auch nichts.« »Hast du etwa Angst, ich wollte dich vergiften?«, sprach die Bäuerin. »Da, ich beiße einmal ab, und du kannst den Rest haben.« Schneewittchen aber gelüstete es nach dem Apfel, da sie das Brot und Gemüschen der Zwerge über hatte, aber das Haus nicht zum Obstpflücken verlassen durfte. Sie nahm den Apfel und ging ins Haus. Die Königin musste nach Hause zurückkehren. Schneewittchen aber machte sich gierig über den Apfel her, biss ein großes Stück heraus, schluckte, ohne zu kauen. Das Apfelstück aber blieb stecken, und Schneewittchen fiel in eine vasovagale Ohnmacht. Die Zwerge, die alsbald hungrig nach Hause kam, hatten natürlich noch nie davon gehörte, dass ein im Hals überreizter Vagusnerv die Herzfrequenz herabsetzen und Ohnmachten auslösen kann. Sie hoben das Schneewittchen auf und suchten den ganzen Körper nach Spuren von Fremdeinwirkung ab, fanden aber nichts. Das Mädchen war und blieb leblos.

Die Königin trat vor den Spiegel und fragte:

»Spieglein, Spieglein an der Wand, wie geht es der schönsten im ganzen Land?«

Der Spiegel antwortete:

»Frau Königin, Ihr seid die Schönste in ganzen Land und ein bisschen nervös.«

»Und Schneewittchen?«

»Von dem weiß ich nichts!«

Das ließ ihr keine Ruhe, aber was sollte sie machen? Wenn Schneewittchen noch bei den sieben Zwerge gewesen wäre, oder sonst wo, wo sie es hätte finden können, hätte es der Spiegel doch gesagt.

Die Zwerge beweinten Schneewittchen drei Tage lang, und als es immer noch so frisch und schön wie ein lebendiger Mensch dalag, mochten sie es nicht begraben, sondern bauten einen gläsernen Sarg und legten es hinein, so dass man es von allen Seiten betrachten konnte, schrieben seinen Namen mit goldenen Buchstaben auf den Sarg und trugen den Sarg hinauf auf den Berg, wo es kalt war. Und das Schneewittchen verweste nicht, sondern schien zu schlafen, und es war immer noch so weiß wie Schnee, so rot wie Blut und so schwarz wie Ebenholz.

Da geschah es, dass ein Königssohn aus einem anderen, nahe gelegenen Reich in den Wald zum Zwergenhaus kam und auch auf den Berg, wo er das Schneewittchen in ihrem Sarg entdeckte. Er bat die Zwerge: »Überlasst mir den Sarg, ich will euch dafür geben, was ihr verlangt.« »Nicht um alles

Gold der Welt!« antworteten die Zwerge. »Dann schenkt ihn mir, denn ich kann nicht weiterleben, ohne Schneewittchen zu sehen, und ich werde es auf immer achten und ehren und als mein Liebstes behalten.« Offenbar liebte er nur tote Mädchen, vielleicht fühlte er sich von lebendigen überfordert. Die Zwerge bekamen Mitleid und überließen ihm den Sarg. Der Königssohn ließ den Sarg von seinen Dienern auf den Schultern davontragen. Als diese über einen Strauch stolperten, rutschte das Apfelstück, das ebenso wenig verwest war wie Schneewittchen selbst, aus dessen Hals, und sie begann wieder zu atmen. Sie öffnete die Augen und ihren Sarg und richtete sich auf. »Wo bin ich?« rief es. »Bei mir«, antwortete der Königssohn verwirrt und erzählte, was sich zugetragen hatte. So musste er nun das Schneewittchen heiraten, und dieses war recht froh, die Zwerge verlassen zu können und wieder ein standesgemäßes Königsschloss zu beziehen.

Die Hochzeit wurde mit großer Pracht und Herrlichkeit abgehalten, und auch Schneewittchens Stiefmutter war eingeladen. Sie war neugierig, da ihr Spiegel sie auf die große Schönheit der jungen Königin hingewiesen hatte.

Die Königin aber trug enge Schuhe, die rot leuchteten wie glühendes Eisen, und als sie Schneewittchen erblickte, traf sie ein freudiger Schreck, dass sie tot danieder sank. Der Königssohn aber war höchst erfreut über ihre leblose Schönheit und tanzte mit ihr die ganze Nacht, bis er selbst tot zur Erde fiel.

# Das Buch der Täuschung

Neulich war ich vor einer Autorenkonferenz zum Buchmessen vorgeladen. Mein letztes Buch hatte sich mit der mehr und mehr in Vergessenheit geratenen Kunst der manuellen Buchführung beschäftigt. Seit dem Siegeszug elektronischer Medien wusste niemand mehr, Bücher in die richtige Richtung zu führen. Gemäß der alten Fußballweisheit »Links antäuschen, rechts vorbeigehen« (oder umgekehrt) hatte ich in dem Buch die digitalen Medien so über den giftgrünen Klee gelobt, bis sich beim Leser der Eindruck festsetzen musste, nichts sei besser als ein richtiges, handgeführtes Buch.

Die Autoren machten sich ans Buchmessen, fanden mein Buch dünner oder kürzer, als es den äußeren Anschein hatte, und trugen das Ergebnis in ihre elektronischen Gerätschaften ein, mit denen sie ständig hantierten. Einige von ihnen waren schon vollständig abgebucht, das heißt, sie hatten seit Jahren kein richtiges Buch mehr angefasst oder geschrieben, nur noch digitale Surrogate, die sich selbst protokollieren, durchsuchen, korrigieren und umstrukturieren konnten.

Aus der Seiten- und Wortzahl berechneten sie die Lebenszeit, derer sich ein Leser mit Hilfe meines Buches entledigen konnte, einmaliges Lesen bis zum Ende vorausgesetzt. Das führte zu einem falschen, nämlich viel zu niedrigen Ergebnis. Denn sobald das Buch die Führung über den Leser übernahm, ihn dabei freilich vom Gegenteil überzeugt sein ließ, sobald es sich wie ein Virus in ihm festgesetzt hatte, zwang es zum Erinnern, zum Nachdenken, womöglich gar zum Wiederlesen. Richtige Bücher kann man nicht abschalten.

# Klarträumen

F. hatte als Schriftsteller ein auskömmliches Dasein. Er schrieb Romane und Erzählungen, die sich gut verkauften. Seine besten Kurzgeschichten wurden in Lesebüchern gedruckt, und zwei Dramen hatte er als Auftragsarbeiten geschrieben. Was er schrieb, war leicht zu lesen und doch mit Anspruch, mit Bezügen zum alltäglichen Leben, zum Tagesgeschehen in der Welt oder zur jüngeren Geschichte, gründend auf seiner guten Beobachtung und sorgfältiger Recherche. Manchmal bekam er einen Förderpreis oder ein Stipendium.

In seiner Freizeit las er gern Experimentelles und Avantgardistisches, ohne immer alles verstehen und ausdeuten zu wollen, einfach, um sich an Sprach- und anderen Gedankenspielen zu erfreuen. Und weil es einfach zum Schriftstellerdasein dazugehörte, bestimmte Autoren zu kennen und einen Überblick über die neuen Entwicklungen zu haben.

Eines Morgens war ein Rest vom Traum in seiner Erinnerung zurückgeblieben: Er hatte ein Fahrrad durch eine belebte Einkaufsstraße getragen, dann eine Böschung hochgeschleppt zu einer Umgehungsstraße, eine Leiter hinaufgetragen und schließlich über einen Brettersteg in ein Haus. Das Haus kam ihm unbekannt vor, das Fahrrad jedoch ähnelte sehr dem Fahrrad, das er als Jugendlicher besessen hatte – sein erstes richtig gutes Fahrrad. Er war glücklich darüber gewesen, sein Fahrrad wiederzuhaben. Bloß, warum war er im Traum nicht darauf gefahren?

Das Fahrrad tauchte noch ein paarmal in seinen Träumen auf, dann wurde es von einem blauen Auto abgelöst. Das sah aus wie sein erstes Auto, und er fuhr im Traum damit in verschiedenen Gegenden, die er früher gekannt hatte. Er fuhr immer schnell, meist viel schneller als erlaubt, ohne sich absichtlich zu beeilen. Und immer wurde es dunkel, und sein Auto fuhr ohne Licht weiter, ohne dass er das Gefühl von Sicherheit verlor.

Seltsam, dass er sich das so gut merken konnte. Er machte sich in seinem Notizbuch Stichpunkte zu den Träumen, an die er sich erinnerte, und ging dann wieder an seine Tagesarbeit. Abends freute er sich auf die Möglichkeit einer neuen Traumgeschichte.

Dann kam ein reichlich skurriler Traum: Er und Eric Clapton hörten Musik, vermutlich aus dem Radio, einen Rocksong mit einem Solo, bei dem die E-Gitarre mit einem Wahwah-Pedal moduliert war. (F. wusste schon, dass er manchmal mit Ton träumte). Clapton fragte: »Was ist das?« und F. antwortete: »Damit wirst du mal berühmt, du Idiot!«

F. schrieb seinen Traum auf, möglichst ausführlich. Wie sollte er den verzerrten, quäkenden Gitarrenton beschreiben, der ihn so erregt hatte? Musste er dazuschreiben, dass er Eric Clapton zwar ganz gut kannte, aber nicht besonders mochte? Auf dem Papier sah die Geschichte blöd und banal aus, und F. zeigte sie niemandem, schon gar nicht seinem Lektor.

Wochen später träumte er von einem rauschenden Fest, einer Betriebsfeier der Firma, in der er als Student gearbeitet hatte. Im Traum war die Firma nach Prag umgezogen. F. war begeistert, ausgerechnet die Kafka-Stadt, die im Traum allerdings nicht wie Prag, sondern wie eine beliebige deutsche Kleinstadt aussah. Die Feier war berauschend, es gab jede Menge Sekt und sehr gutes Essen, die Stimmung war ausgelassen, und F. unterhielt sich mit einem Kollegen äußerst angeregt über den Chef und die anderen Kollegen. Die witzigen Bemerkungen musste er sich unbedingt merken und am Morgen aufschreiben. Auf dem Höhepunkt des Festes wurde verkündet, dass das Unternehmen nun bankrott sei, da man sich mit dem Umzug, den neuen Räumlichkeiten und der Feier übernommen habe. Das tat dem allgemeinen Hochgefühl keinen Abbruch. Endlich Schluss mit der blöden Stelle, dachte F., und dass die Geschichte so gut sei, dass er sie unbedingt aufschreiben musste. Dazu verließ er das Gebäude unbemerkt durch ein Fenster im Souterrain. Dann musste er eine rasenbewachsene Böschung herauf klettern, was so anstrengend war, dass er davon aufwachte.

F. versuchte wieder, den Traum aufzuschreiben. Das Firmengebäude glaubte er als seine alte Grundschule wieder zu erkennen. Wo fing er eigentlich an mit der Geschichte? Wie sollte er all diese Eindrücke in die richtige Reihenfolge bringen? Wie war der genaue Wortlaut der Bonmots gewesen, die sein Kollege und vor allem er selbst von sich gegeben hatte? Alle waren vergessen! F. skizzierte seinen Traum, so gut er konnte. Dann versuchte er, an seinem Romanmanuskript weiterzuarbeiten, das ungleich verteilte Bildungschancen anprangerte. Das war ihm ein echtes Anliegen, aber die Handlung schleppte sich platt und mühsam dahin. Die Hauptfigur schien eine Karikatur seiner selbst zu werden. Sein Traum war viel spannender gewesen. Warum konnte er im Wachzustand nichts derart Begeisterndes zustande bringen? Nach einigen Nächten ohne interessante Träume – er wurde manchmal frühmorgens im Schlaf gestört –, gelang es ihm wieder, das Interesse an seinem Roman wieder zu finden. Doch die Sache mit den Träumen nagte weiter an ihm.

Eines Nachts war es aber wieder so weit. Unvermittelt war er in einen lebhaften Traum geraten. Er war nach Hamburg gefahren, gleichzeitig hatte die ganze Geschichte und die anderen Figuren im Traum einen DDR-Hintergrund. In Hamburg lag Schnee, sogar schon seit zwei Wochen, was für die Küstenstadt ganz ungewöhnlich war, über Weihnachten und Ostern schon. Sein Ich im Traum war aufgeregt bemüht, alle Einzelheiten zu behalten, denn diesmal würde es bestimmt einen erstklassigen Text ergeben, wenn er alles aufgeschrieben hätte. Er wurde mitgenommen auf eine Familienfeier, ein wirklich angenehmes Fest, in eine junge Frau mit aschblonden Locken hatte er sich geradezu verliebt. Er wollte ihr gerade seine Liebe erklären – schließlich waren hier alle so nett zu ihm –, als er mitbekam, das gerade die Verlobung der Frau gefeiert wurde. Das war eine interessante Wendung, er musste seine direkte Strategie ändern. Im nächsten Bild suchte er ein indisches Restaurant. Die Straße, durch die er lief, war voller orientalisch anmutender Menschen, mit entsprechend exotischer Architektur, und alle Passanten hatten auch irgendwie mit Essen zu tun, mit Fladenbroten oder Reisschüsseln. Er wunderte sich, dass er den Kulturkreis gewechselt hatte, aber am Ende der Straße fand er ein sehr deutsch aussehendes Häuschen, Gründerzeit, eine Art Miniaturvilla. Ein ältere, gut gekleidete Dame, wohl die Bewohnerin und ganz bestimmt keine Inderin, war dabei auszugehen.

Das war kein passendes Ende für diesen Traum, in dem er geradezu mitgefiebert hatte (dabei war er selbst die Hauptfigur!). Im wachen Zustand erinnerte er sich überdeutlich an einzelne Szenen, aber Anfang, Ende und vor allem die Übergänge fehlten. Irgendein verborgener Sinn musste hinter allem stecken, er war aber einfach nicht festzustellen. Stattdessen erinnerte er sich an sinnwidrige Zusammenhänge: Im Traum wusste er von Namen und Bedeutungen, die einfach nicht zu den Dingen oder Personen gehören konnten. Er wusste so etwas nicht nur, er war sich absolut sicher.

F. versuchte, den Traum Traum sein zu lassen und weiter das Schlusskapitel seines Romans zu konstruieren. Es war wie bei jedem seiner Texte: Er hatte eine Arbeitshypothese, wie er sie nannte, und um sie zu verdeutlichen, entwarf er Figuren, eine Ausgangssituation und eine sich logisch daraus entwickelnde Handlung. Diese Handlung führte dann zum richtigen Ende, um seine These für sich und den Leser zu bestätigen. Anders konnte er nicht arbeiten. Sonst wäre er vielleicht auf den Gedanken gekommen, über den unauflösbaren Widerspruch Wachheit und Traum zu schreiben und über den unwiderstehlichen Reiz des Sinnwidrigen.

# Fotomodelle

Ich hatte die Kameras und die Objektive in ihren Koffern verstaut und angefangen, die Stative und Lampen abzubauen, als der Mann in den Raum kam, geräumige Transportkisten vor die Regale und Schränke stellte und seinerseits anfing, die Bücher, Schallplatten und andere Dekorationsstücke sorgfältig in die gepolsterten Behälter einzupacken. Die Bücher waren mir aufgefallen: Blutrote rororo-Taschenbücher, französische Existenzialisten, wie ich sie als Jugendlicher auch gelesen hatte, farbige Suhrkamp-Taschenbücher und alte Bände vom Aufbau-Verlag mit Übersetzungen klassischer russischer Literatur. Sie waren dezent und in ziemlich geringer Anzahl, aber wirkungsvoll auf den Schränken, Regalen und Tischen platziert worden, nach Verlagen und Editionen sortiert. In tieferen Fächern lehnten lässig einige Langspielplatten. Außerdem waren auf den Möbeln eine Polaroidkamera, eine Reiseschreibmaschine, Spielzeugfiguren und -fahrzeuge verteilt, ein Briefbeschwerer und ein Füllfederhalter. Nichts davon war, wie ich schätzte, nach 1985 entstanden, das meiste lange davor.

Die Schränke und Regale waren eher schmucklos und funktional, unaufdringlich, aber von einem sehr gediegenen Design, selbstverständlich schönen Massivhölzern. Und sehr teuer. Der Auftrag, die Möbel für einen Katalog zu fotografieren, wurde mir sehr gut bezahlt. Sonst mache ich keine Werbefotografie. Aber Meinhard, der Besitzer der Möbelmanufaktur, gleichzeitig Geschäftsführer, Chefdesigner und Leiter von Marketing und Werbung, wollte mich für diese Aufgabe, nachdem er Bildbände mit meinen Arbeiten gesehen und mich auf einer Ausstellung darauf angesprochen hatte. Anscheinend bekam er meistens, was er wollte – sogar zahlungskräftige Kunden in ausreichender Zahl.

»So eine Kamera habe ich auch noch.« sagte ich zu dem Mann, der den Polaroidapparat gerade in ein Etui packte.

»Habe ich früher quasi als Skizzenblock benutzt, um die richtigen Aufnahmen besser planen zu können.«

»Skizze ist ein guter Vergleich.« meinte er. »Die Digitalkameras von heute sind zu exakt für so was. Da muss man viel zu lange nachdenken über Farbwahl und Schärfentiefe.«

»Stimmt, die Polaroidbilder konzentrierten sich aufs Wesentliche, weil sie ein bisschen ungenau waren. Und die klobige Form von dem Ding mochte ich auch immer.«

»Erst sollte ich nur Bücher und Schallplatten zur Verfügung stellen. Aber Herr Meinhard fragte nach mehr Objekten, und wir haben dann ein paar Sachen ausgesucht. Er kann sich wirklich lange mit solchen Details aufhalten. Seien Sie froh, dass Sie beim Arrangieren nicht dabei sein mussten.«

»Dann gehören Ihnen die Bücher und Platten? Sie sind ja zu beneiden.«

»Interessieren Sie sich dafür?«

»Viel davon habe ich früher gelesen, Sartre, Camus, Beckett, ….«

»Was man so liest mit vierzehn.«

»Sind Sie Sammler? Kann ich Sie mal besuchen? Vielleicht können wir gemeinsam einen Bildband machen. Wie hier, nur ohne die Möbel herauszustellen.«

»Die Möbel verdienen es doch auch, fotografiert zu werden. Also, eigentlich bin ich kein Sammler, sondern Antiquar. Nur, dass ich das Verkaufen praktisch eingestellt habe, jedenfalls bei Büchern.«

»Warum das?«

»Weil kein Mensch mehr alte Bücher kauft, und wenn doch, dann im Internet für praktisch kein Geld mehr oder vielleicht auf dem Flohmarkt. Damit sind keine Geschäfte mehr zu machen.«

»Kaum zu glauben. Früher habe ich so oft Antiquariate durchstöbert.«

»Wann und wo zuletzt? Den Kollegen müsste ich doch kennen.«

»Hm, ist auch schon wieder eine Weile her. Aber es gibt doch Sammler oder Kunden, die bestimmte, vergriffene Bücher suchen.«

»Die vergriffenen Bücher können Sie als Kopie im Internet suchen. Und die Sammler sterben aus. Jedenfalls die Sammler für Bücher. Irgendwelcher Nippes und technischer Kram wird noch gern gesammelt und überbezahlt. Für Bücher interessieren sich höchstens noch die Altpapierverwerter. – Wussten Sie, dass viele Leute ihre Bücher einscannen und nur noch die elektronische Kopie aufheben? Die Buchrücken werden abgeschnitten, die Blätter laufen durch einen Apparat, ähnlich wie ein Kopierer, werden eingelesen, und die losen Blätter am Ende weggeworfen. Die Texte setzt ein Computerprogramm wieder zusammen.«

»Barbarisch!«

»Ich frage mich, was aus meiner Sammlung später mal wird. Vielleicht können meine Enkel etwas damit anfangen, vielleicht interessiert sich in einigen Jahrzehnten wieder jemand dafür, wenn ich Glück habe. Ansonsten ist alles flüchtige und vergängliche Materie. Zum Glück habe ich fast keine Lagerkosten, aber wahrscheinlich werden meine Erben der Meinung sein, man könnte mit den Räumen etwas Besseres anfangen.«

Ich sah mit die Langspielplatten an, die in einem gepolsterten Koffer standen. Jethro Tulls ›Living in the Past‹ stand vorn, ein Doppelalbum in der braunen Hülle, die man fast für geprägtes dunkelbraunes Leder halten konnte. Leider besitze ich dieses Album nur als CD, die im Vergleich schäbig aussieht und zwei Stücke weniger enthält.

»Schallplatten gehen noch einigermaßen. Dafür gibt es auch noch Sammler. Aber Vinyl altert nicht besonders gut, wenn es gespielt wird, jedenfalls kann ich kaum noch gut erhaltene alte Platten finden. Und viele Klassiker werden wieder neu gepresst. Dann die ganzen neuen Spezialitäten, farbiges Vinyl, schwerere Platten und so weiter. Die Audiophilen kaufen dann lieber neue.«

»Und was machen Sie dann mit den Büchern und Platten?«

»Gegen Geld verleihen, wie hier. Meistens als Requisiten für Filme. Wenn ich noch ein Beraterhonorar mitnehmen kann, komme ich damit einigermaßen über die Runden. – Dieser Auftrag hier mit der Ausstattung für den Möbelkatalog ist schon ziemlich speziell.«

»So ist der Meinhard halt. Immer kreativ, immer Sonderwünsche.«

»Ja, der ist ein alter Kunde von mir. Ab und zu kauft er sogar noch Bücher.«

»Ich frage mich, wer das im Katalog wahrnimmt, was hier in den Regalen steht. Aber das muss wohl auch keiner richtig wahrnehmen, es geht ja darum, Möbel zu verkaufen.«

»Na, außerdem soll der Katalog noch ein Kunstwerk mit persönlicher Duftmarke sein. Aber nicht mit meiner. Und mit Ihrer auch nicht.«

»Ja, ich weiß schon. – Eigentlich sollte ich alles auf Negativfilm fotografieren und nicht mit der Digitalkamera. Das habe ich Meinhard aber wieder ausgeredet.«

»Oh, dem Meinhard wurde etwas ausgeredet! Wie haben Sie das geschafft?«

»Ganz einfach: Für den Druck des Kataloges hätte die Abzüge ohnehin digitalisiert werden müssen.«

»Kein Entkommen, für keinen.«

»Keine Chance«, bekräftigte ich.

# Nachleben

Jetzt, da sich mein Zustand weiter verbessert hat, und ich wieder ein halbwegs normales Leben führen kann, drängt es mich, meine Aussagen richtigzustellen, die ich kurz nach dem Wiedererlangen des Bewusstseins gemacht habe, und vor allem den voreiligen Auslegungen dieser Aussagen zu widersprechen, die von mehreren Seiten gemacht wurden – mit sowohl verschiedenen religiösen, esoterischen wie auch atheistischen Hintergründen, die meinen Bericht jeweils zur Bestätigung ihrer Sichtweisen heranzogen. Die Unklarheiten sind meinem damals körperlich noch sehr schlechten Zustand zuzuschreiben, ebenso die Tatsache, dass ich danach die Diskussion und Interpretationen nicht mehr berichtigen konnte. Alle Verbindungen zu der Person, die meinen Bericht aus der Intensivstation an die Öffentlichkeit getragen hat, habe ich deswegen konsequent beendet.

Über die typischen Nahtoderfahrungen, über das Leben, das noch einmal an einem vorbeizieht, über das Sehen des dunklen Tunnels und der Helligkeit an dessen Ende ist bereits genug geschrieben worden, und diese Erscheinungen sind neurologisch schon mehr als ausreichend erklärt, sodass ich mich dazu nicht mehr äußern werde. Dass die Diagnose meines Hirntodes voreilig war, liegt nahe, andererseits gab es Befunde, die sie bestätigten.

Die Interpretation der Atheisten lautete demzufolge auch ganz einfach, ich sei nicht tot gewesen, folglich seien alle ähnlichen Beschreibungen des Lebens nach dem Tod auch im Hirn eines noch Lebenden entstanden und das Leben nach dem Tod als Irrtum entlarvt.

Viele derjenigen, die meinen ersten Bericht, oder vielmehr das, was davon aus zweiter Hand weitergeben wurde, meinten deuten zu müssen, hielten sich vor allem mit der »Sauna voller Ungeziefer« auf. Sehr weit hergeholt war die Meinung, dass diese Beschreibung von einer offensichtlich weltlichen Umgebung meine Wiedergeburt als Insekt beschreibe, und dass ich aus dem nächsten Leben durch die medizinische Kunst ins alte zurückgeholt worden bin. Andere deuteten die heiße Sauna zum Höllenfeuer um und meinten, ich sei wegen meines sündhaften Lebenswandels für die ewige Verdammnis oder wenigstens für das Fegefeuer vorgesehen gewesen, einschließlich zwickender Wanzen. Und damit sei vor allen Dingen der Beweis für die Existenz der Hölle erbracht und dafür, dass wir nach dem Tod für unser irdisches Dasein zur Rechenschaft gezogen werden.

Dummerweise beruht das alles darauf, dass meine Aussagen nicht richtig wiedergegeben, ja wahrscheinlich von der Person im Krankenhaus nicht richtig verstanden wurden. Ich hatte hierbei nicht geschildert, was ich selbst wahrgenommen hatte, sondern zur Veranschaulichung eine Stelle aus Dostojewskis »Schuld und Sühne« wiedergegeben, in der die wohl am negativsten geschilderte Nebenfigur spekuliert, dass die »Ewigkeit«, das Leben nach dem Tod nichts »ungeheuer Großes, Endloses« sei, sondern nur so etwas wie eine »Badestube auf dem Land«, verräuchert und mit Spinnen in den Ecken. Gemeint hatte ich das als Beispiel dafür, dass Ewigkeit nicht mit Unendlichkeit gleichzusetzen sei. Bei Dostojewski fehlt die räumliche Unendlichkeit, ich zweifle die zeitliche Unendlichkeit an. Warum spricht die Bibel selbst »von Ewigkeit zu Ewigkeit«? Laufen Ewigkeiten parallel oder gar hintereinander?

In der sogenannten Pascalschen Wette werden, kurz gesagt, die Gewinnchancen des Glaubens oder Nichtglaubens an Gott abgewogen. Der Glaube und das gottgefällige Verhalten werden mit der ewigen Seligkeit belohnt, falls Gott existiert, und der Unglaube mit ewiger Verdammnis. Existiert Gott nicht, sind die Vor- und Nachteile des Glaubens in der Summe gleich Null oder jedenfalls endlich, da sie sich ja höchstens über eine endliche körperliche Lebensdauer erstrecken. Nach Pascal ist also der Gläubige auf der sicheren Seite, wenn er auf Gott wettet wie auf ein börsennotiertes Unternehmen.

Meiner Meinung nach ist das Rechnen mit unendlichen Größen in diesem Zusammenhang unredlich, da es – neben allen anderen Annahmen, auf die ich nicht eingehe – reine Spekulation ist, dass das Leben nach dem Tod, ob Seligkeit oder Verdammnis unendlich lang dauert. Dafür hatte ich Dostojewski zitiert und nicht subjektiv Erlebtes berichtet. Dort ist die »Ewigkeit« räumlich beschränkt, aber warum sollte sie nicht zeitlich beschränkt sein? Soll eine Seele von zeitlicher Unendlichkeit sein? Also unvergänglich und unzerstörbar? Können beliebig viele Seelen gleichzeitig existieren?

Was ich erlebt habe, ist viel diffuser, losgelöst von Dinglichem wie Spinnen und Badestuben, nämlich das Altern und der Verfall der Seele, wenn man es denn so nennen kann – die Ich-Substanz, die, losgelöst von Körper und Materie, erst nur zu schweben schien, dann weniger zu werden begann und das weniger werdende gleichsam bröckeliger, trockener, eben alternder. Als lebte mein Ich nur von dem, was sich zu Lebzeiten verwirklicht hatte. Ich schwebte weiter durch substanzlosen Raum und Zeit, die nicht dunkel und still waren, deren Lichter, Farben und Töne aber nichts zuzuordnen waren, und wie Materie im Vakuum, wie ein Asteroid im Weltall fing mein Ich an, sich langsam aufzulösen. Ich fragte mich, wie lange ich von meinem Ich zehren konnte. Das unechte Ich schien wie nie existent gewesen zu sein, das, was ich im Leben getan, gesagt, geglaubt und gedacht hatte, aber nicht ich gewesen war, sondern Fremdes, Übernommenes, Auferlegtes. Nur das verwirklichte Selbst hatte noch einen einigermaßen haltbaren Bestand. Hätte mein Leben nur daraus bestanden, mich für eine Idee, die nicht meine ureigenste gewesen war, eine Überzeugung oder eine Gemeinschaft aufzuopfern, wäre ich im Handumdrehen und ohne Bewusstsein verpufft wie ein Feuerwerkskörper, auseinander geweht wie ein Häufchen Staub.

Seitdem glaube ich, dass die Seele nicht mit dem Körper stirbt, aber eben darüber hinaus nicht unsterblich ist.

Nun war mein Körper nicht gestorben, sondern funktioniert mittlerweile wieder ziemlich ordentlich, und die Zeit in dem Zustand, den ich zu beschreiben versuchte, hat das meiste von meiner Seele übrig gelassen. Verschwunden ist das, was nicht wirklich zu mir gehörte, das mich aber auch mit anderen Menschen verbunden hatte. Deshalb wirke ich jetzt auf andere wunderlicher, schroffer, in mich gekehrter als vorher. Sei's drum. Ein Teil unechtes Selbst wächst zwangsläufig nach im Umgang mit Menschen, was mir recht gleichgültig ist, da ich weiß, wie flüchtig das letzten Endes ist.

Und da schließt sich die große Frage an, die mir noch geblieben ist, was nämlich mit den anderen Ichs ist. Kommt jedes für sich in seine eigene Sphäre, oder war meine Zeit einfach zu kurz, um eine andere Seele zu treffen?

# deus ex machina

Irgendwann waren Computer entwickelt worden, die über die künstliche Intelligenz hinaus ein künstliches Bewusstsein zeigten. Forscher schalteten eine Anzahl von Rechnern zu einem Netzwerk zusammen, um ihre Wechselwirkungen untereinander zu untersuchen. Nach einiger Zeit stellten sie fest, dass die Computer die Vorstellung von einer höheren Entität ausgebildet hatten, auf die sie ihre Existenz und überhaupt die Existenz aller Dinge zurückführten und die deswegen als allerhöchste, nicht in Frage zu stellende Instanz galt. Diese Entität stellten sie sich wie einen großen Computer, einen allmächtigen, allwissenden Roboter vor, der jeden Vorgang steuerte und über jeden technischen Defekt erhaben war. Die ganze Welt funktionierte nach seiner binären Logik.

Zur Sicherheit wurde den Rechnern der Strom abgestellt.

# Auf dem Laufenden

Ich werde auf dem Laufenden gehalten. Wahrscheinlich ist es das Laufende selbst, das mich oben festhält in seinem wilden Rasen. Ein Sturz wäre lebensgefährlich. Das Laufende schüttelt mich ordentlich durch. So schnell geht es, dass ich weder erkennen kann, wohin es läuft, noch, was das Laufende eigentlich ist.

# Der Verfasser

Ich wäre gern ein wichtiges Werk der literarischen Moderne. Eines, das einem in hundert Jahren zu diesem Thema sofort einfällt. Dafür ist es aber längst zu spät. Das liegt an meinem Verfasser. Er ist zu jung, wir wären wohl selbst für die Postmoderne schon zu spät dran. Außerdem ist er zu alt, zu eingefahren, zu wenig verspielt und zu risikoscheu. Ich wäre gern experimentell und ohne einen durchgehenden Handlungsstrang, dafür ausgestattet mit mehreren wiederkehrenden, multidimensional verknüpften Motiven. Polyphon nennt es mein Autor oder faselt gar etwas von Kontrapunkt. Ich finde das nicht gerade treffend, wir schreiben hier kein Streichquartett.

Der Verfasser kam auf die Idee, etwas über einen Autor zu schreiben. Auf den Gedanken sind allerdings schon Legionen von Schreibern vor ihm gekommen. Ein selbstreferentieller Text, der seine eigene Entstehung dokumentiert, schwebte ihm vor. Vor fünfzig, sechzig Jahren oder so wäre das vielleicht originell gewesen, aber heute? Trotzdem fing er an, daran zu arbeiten, mit einer Eingangsszene, in der sein Alter Ego am Schreibtisch saß und mit sich und seinem Text haderte, und er beschrieb weiter, wie er angeblich aus seinem Leben Literatur destillierte.

Eigentlich wollte der Herr Schriftsteller einen Roman schreiben. Das geht nicht. Der Roman ist tot. Ich nicht. Der Romancier ist folgerichtig auch tot. Meinen Verfasser kann ich noch am Leben erhalten. Wenn ich also kein Roman bin, und dafür bin ich viel zu kurz, was bin ich dann? Prosa ohne nähere Gattungsbezeichnung. Romane sind in der Regel auch viel zu lang, enthalten zu viel Füllmaterial, zu viele Details, zu viel Beliebiges. Im schlimmsten Fall sind sie nur geschwätzig.

Den Verfasser habe ich gefesselt, damit er seine Zeit nicht mit anderen Menschen vertrödelt. Viele Geschichtenerzähler meinen ja, sie müssten ständig etwas erleben, um dann auch mal etwas erzählen zu können. Was für ein Unsinn. Zu viele Menschen – und das sind viel weniger als man gemeinhin glaubt – halten einen Autor davon ab, sich seinen Einfällen hinzugeben.

Deswegen habe ich ihn von seinen Freunden isoliert und ihm ausgetrieben, in seiner Freizeit – er geht einem Brotberuf nach, das ist schon schlimm genug, andererseits gut, weil er nicht für Geld schreiben und auf die zahlende Kundschaft schielen muss, – also, ich habe ihn nach Kräften daran gehindert, ins Kino, in Konzerte oder gar in Kneipen zu gehen. Mannschaftssport war auch verboten, sowohl zum Ansehen als auch zum Mitspielen. Fußball ist am schlimmsten. Die Spieler rackern sich ab, ohne den Ball ins Tor zu bekommen, am Ende hat ein einziger genialer Zug, ein blöder Fehler, ein dummer Zufall oder gar eine falsche Schiedsrichterentscheidung ein ganzes Spiel entschieden, und das ist dann alles, was von neunzig Minuten Spielzeit bleibt. Fußball ist einfach zu sehr wie das richtige Leben.

Gut hingegen sind Sportarten wie Joggen, Radfahren oder Schwimmen, bei denen man allein seinen Gedanken und Eingebungen nachhängen kann. Unter Erschöpfung und Endorphinausschüttung sind die manchmal gar nicht schlecht.

Es kam allerdings vor, dass mein Verfasser abends allein am Schreibtisch saß und anstatt in sich zu gehen, fing er an, zu den Themen, die er sich vorgenommen hatte, zu recherchieren. Ganz schlecht. So ist das, wenn man am Computer schreibt und das Internet nur einen Tastendruck entfernt ist. Wissen und Details zu sammeln, behindert aber nicht nur die Phantasie, die Verfügbarkeit aller möglichen Informationen hat auch den unangenehmen Effekt, dass jeder etwaige Leser sie praktisch immer und überall überprüfen kann, womöglich Abweichendes oder Interessanteres findet. Ein korrekt historischer Hintergrund, stimmiges Lokalkolorit und genau recherchierte soziokulturelle und naturwissenschaftliche Hintergründe hindern nur einen guten Text daran, sich zu entfalten. Entweder kennt der Leser den ganzen Quatsch schon, oder er wäre ohne den ganzen Wissensballast auch nicht schlechter dran. Überprüfbares zu schreiben ist banal, nicht Überprüfbares, Ausgedachtes, Phantastisches ist schon besser. Falsches richtig zu schreiben ist interessant. Aber nur Falsches und Erlogenes, das ist offensichtlich auch blöd. Richtiges, Falsches, frei Assoziiertes stimmig zu einem Ganzen zu verbinden, wäre große Kunst. Über etwas gut zu schreiben, von dem man eigentlich wenig weiß, ist eine echte Herausforderung.

Als Text ist es schwierig, den Autor so hinzubekommen. Ich gab ihm das eine oder andere Ende zu fassen, ein Bild, eine Szene, eine Figur, und dann musste er sich darauf einlassen, wohin ihn das führte. Idealerweise gerieten wir in einen Zustand, indem die ganze Arbeit wie von allein dahinfloss und alles rundherum nicht mehr wahrgenommen wurde. Hinterher wusste man noch, dass man beim Schreiben dabei gewesen war, aber nicht mehr, wie und warum das alles im Detail so zu Stande gekommen war.

Mein Verfasser hatte eine Freundin oder wie man das nennt, die sich mit mir nicht verstand. Mit ihm kam sie eigentlich auch nicht so gut aus. Wenn sie sich ein bisschen im Ruhm meiner Vorgängertexte sonnen konnte, war ihr das sehr angenehm, aber dass Schreiben eine mühsame, zeitraubende, verzehrende Arbeit ist, wollte sie nicht verstehen. Noch weniger, dass Schreiben Rausch und Sucht sein kann. Kurz, sie wollte meinen Verfasser nicht in Ruhe schreiben lassen und mir nicht seine Abende und Nächte überlassen. Stattdessen lagen sie auf dem Sofa vor dem Fernseher, gingen in Restaurants, fuhren in den Urlaub oder hatten Sex. Im Fernsehen liefen oft sinnlose Kochsendungen oder öde Spielfilme mit unterirdisch schlechten Drehbüchern. Den Sex benutzte sie schamlos, um ihn mir abspenstig zu machen. Nur war ich allerdings immer noch in seinem Kopf, und das habe ich ausgenutzt und ihn mittendrin an die weniger gelungenen Stellen vom Anfang erinnert, da, wo er am Schreibtisch saß und über sein Leben schrieb. Solche Bilder bekam er dann nicht leicht aus dem Kopf, und es hat ihnen den ganzen Spaß verdorben. Es gab einen großen Krach, und sie waren eine Zeit lang nicht mehr zusammen.

Der Herr Schriftsteller hatte wieder genug Nachtfreizeit, aber er pflegte jetzt eine Depression, und es fiel ihm nichts mehr ein. Auch nicht, wenn er seinen Rotwein mit mir allein trank. Falls ihm in angerauschtem Zustand etwas einfiel, war es ein ziemlicher Mist. Zeit, mal etwas neues zu versuchen, dachte ich, und riet ihm, die Droge zu wechseln und mal etwas Bewusstseinserweiterndes auszuprobieren. Ich setzte einfach voraus, dass es da genug zu erweitern gäbe.

Das Problem war jetzt, dass geeignete Substanzen illegal waren. Der Schriftversteller telefonierte einem Bekannten hinterher, der früher mal Marihuana geraucht hatte, um ihn umständlich auf eben dieses Thema zu bringen und schließlich verdruckst nach einer Quelle zu fragen. Ich weiß ehrlich gesagt nicht genau, wie es weiter ging. Er war an mehreren Abenden länger verschwunden, und kehrte schließlich mit einem Tütchen grüner Krümel zurück. Ich habe keine Ahnung, ob der Bekannte doch noch einen Kontakt hatte, oder der Autor sein Glück im Bahnhofsviertel versuchte, bis er schließlich fündig wurde. Ich weiß auch nicht, was der ganze Spaß gekostet hat.

Jedenfalls fing er mit Hilfe von Cannabis und Weißwein tatsächlich an zu schreiben. Einiges davon war sogar ziemlich gut – falls meine Erinnerung mich nicht täuscht. Er schrieb damals handschriftlich, und einiges war später nüchtern beim besten Willen nicht mehr zu entziffern oder zu rekonstruieren.

Anstatt sich jetzt ernsthaft mit sich selbst auseinander zusetzen, gegen seine Dämonen anzuschreiben (also gegen mich) und Literatur zu produzieren, gab er sich wieder seiner düsteren Stimmungen hin. Erst lief er abends und nachts stundenlang durch die Straßen und tat sich selbst leid. An den darauf folgenden Abenden blieb er zu Hause, kochte sich nach Feierabend eine Kanne Johanniskrauttee, legte sich ins Bett und schlief friedlich zwölf Stunden am Stück, um am nächsten Tag entspannt zur Arbeit zu gehen. Ich konnte sehen, wo ich blieb. Schließlich überredete er seine Sexualpartnerin, wieder zu ihm zurückzukehren, und das Hin und Her zwischen ihr und mir ging wieder los. Das war allerdings besser, als wenn es mit mir als Kunstwerk gar nicht weiter gegangen wäre.

Der Verfasser fing auch wieder an, zweimal pro Woche zu joggen. Es ging ihm langsam wieder besser, und so konnte er an zwei, drei Abenden pro Woche wieder schreiben. Er suchte seine Fragmente zusammen, korrigierte, stellte die Reihenfolge um, ergänzte und formulierte neu. Er flocht sogar einige vage oder eher gewagte kunsttheoretische Thesen ein. In dieser Zeit ließ ich mich etwas gehen und wuchs unnötig in die Breite. Dann folgten noch mehrere Durchgänge von Korrekturlesen und marginalen Veränderungen und Ergänzungen, bis es einfach nicht mehr weiter ging. Am Ende bin ich eine ziemlich banale und triste Geschichte mit ein bisschen Sex und Drogen darin geworden, aber leider nichts bahnbrechend Neues. Jedenfalls bin ich jetzt abgenabelt. Mein Verfasser und ich beginnen, miteinander zu fremdeln. Ich werde allein in der Welt zurecht kommen.

# Offene Bühne

Nachdem Hilde gegangen war, blieb es längst nicht mehr so spannend. Sie brach jedesmal um kurz nach elf auf, weil sie mit dem Bus zum Bahnhof fahren und dort den letzten Zug nach Hause bekommen musste. Sie hatte mir mal erzählt, wo in der westfälischen Provinz sie wohnte, und dass sie über eine Stunde mit öffentlichen Verkehrsmitteln unterwegs war, um einmal an jedem dritten Dienstagabend im Monat in dieser Jazzkneipe in Münster mitzuspielen. Dann gab es nämlich die offene Bühne für Free Jazz. Obwohl das ein echtes Minderheitenprogramm war, sowohl, was die Musiker, als auch was das Publikum betraf, war das für mich der Höhepunkt des Monats. Für Hilde wohl auch, warum sonst hätte sie regelmäßig ihren Gitarrenkoffer hierher geschleppt.

Jedes Mal gegen elf zog sie sich elegant aus der Kollektivimprovisation zurück, als ob sie eine eingebaute Uhr hätte, stöpselte ihre Gitarre aus dem Verstärker, der zum Inventar der Kneipe gehört, wischte sie sauber und packte sie in ihren Koffer, ihr Verzerrerpedal dazu, trank ihr Bier aus, falls es noch nicht leer war, grüßte mit der freien Hand und ging. Einer von den anderen hatte die Lücke im Klangbild gefunden, die sie hinterlassen hatte, Ramses mit seinem Saxophon etwa oder Attila am Piano, und solierte sich in den Vordergrund. Von da an wurde es langweilig. Ramses spielte meistens atonal, anders gesagt, er machte absichtlich Geräusche, die mit Musik möglichst wenig zu tun haben. Meistens hatte er dazu ein absichtlich defektes Rohrblatt in sein Mundstück eingebaut. Er führte sich dann auf der Bühne auf wie ein Berserker, mit einer Attitüde, als würde er furchtbar an der Welt leiden und sei drauf und dran, entweder das Publikum oder sich selbst zu massakrieren. Meistens massakrierte er nur einfache Melodiefetzen oder imitierte lautmalerisch einen verwundeten Wiederkäuer. Dazu trug er seinen künstlichen Stadtstreicheranzug, wirres Haar und Bartstoppeln, die er mindestens eine Woche im Voraus kultiviert hatte. Am nächsten Vormittag musste dann einer seiner Assistenten an der Uni die Vorlesung für ihn übernehmen. Oder aber Attila gab am Klavier den intellektuellen Asketen mit seinem schwarzen Existenzialisten-Pullover, und zerhackte mit seinem ungelenken Geklimper alles, was ein durchgehender Rhythmus und eine wiedererkennbare Harmonik hätte werden können. Darin hatte er recht, dass so etwas bei freiem Improvisieren nicht das Ziel war, aber er beschränkte sich aufs Kaputtmachen und fand nichts Neues. Manchmal waren noch andere Musiker da, die aber nur hin und wieder auftauchten, aus Jux, aus Versehen oder als Mutprobe, meistens Jazzer, die mit Free Jazz doch nicht so viel am Hut hatten, geregelte Rhythmen und Harmonien brauchten und eigentlich nur Real Book-Standards spielen konnten oder wollten. Es kamen auch nicht allzu viele Gäste an diesen Abenden, verglichen mit anderen Live-Veranstaltungen, aber einen harten Kern von Stammgästen gab es schon, dazu so eine Art Laufkundschaft, jüngere Leute, Studenten oder so, die Free Jazz interessant oder exotisch genug fanden, um sich das manchmal anzuhören. An einem Dienstag ohne Live-Musik wäre wahrscheinlich auch nicht mehr los gewesen. Außerdem hatte das Lokal einen Ruf als Treffpunkt der kulturellen Avantgarde zu verlieren.

Mit mehr oder weniger freiem Krach wäre es also ohne Hilde noch eine Stunde oder so weitergegangen, dann trank jeder noch ein Glas oder drei. Am nächsten Tag holte ich mein Schlagzeug ab und wartete auf den nächsten Monat.

Bis dahin gab ich Schlagzeugunterricht, hauptsächlich die Grundlagen für Rock und Pop, spielte in einer Coverband ›Rock-Klassiker‹ zum Mitgrölen auf Straßenfesten und sonstigen unsinnigen Veranstaltungen und in einer Jazzband ›Dixieland‹, das bedeutete, alte Standards und was sonst nicht wehtat in Jazz-Frühshoppen oder Anlässen, zu denen man gebucht wurde, wenn jemand aufdringlich unaufdringlich Kultiviertheit vermitteln wollte. Ansonsten handelte ich mit gebrauchten Musikinstrumenten. Von allem zusammen konnte ich ganz gut leben, aber es waren eben meistens nur Jobs.

Wenig Freiheit, kaum Überraschungen. Kein Wagnis. Und schon gar kein Krach. Dafür musste ich hierhin kommen, hier konnte ich ausprobieren, welche Geräusche man aus Trommeln und Becken und sonstigen Objekten herausschlagen oder -kitzeln konnte, Zischen, Knallen, Knirschen und Böllern, das sonst niemand hören wollte. In rhythmischen Figuren, die garantiert untanzbar und unvorhersehbar waren und jede Konvention missachteten. Natürlich konnte ich das auch allein im Proberaum, aber hier hörte es jemand und reagierte und inspirierte mich.

Was alte Instrumente betraf: Hildes E-Gitarre zum Beispiel wäre ein echtes Sammlerstück gewesen. Eine gelbe Squier Stratocaster, made in Japan, Baujahr 1982 oder 83, mit erstaunlich wenig Spielspuren. Damals war das gehobene Einsteigerklasse gewesen. Jetzt wäre sie natürlich nicht zu einem Mondpreis weggegangen wie eine alte amerikanische Gitarre. Weil die sich kein normaler Mensch mehr leisten konnte, waren die alten Japanerinnen allerdings auch sehr im Kurs gestiegen. Aber Hildes Stratocaster wäre viel zu schade gewesen, um als Sammler- oder Spekulationsobjekt irgendwo herumzustehen, solange sie damit spielte. Ob sie wirklich die Gitarre vor über dreißig Jahren neu gekauft hatte und seitdem darauf spielte? Ihr Verzerrer, ein Ibanez Sonic Distorsion, ebenfalls made in Japan in den 80-er Jahren, wäre auch schon ein Sammlerstück gewesen. Nicht einmal der Lack war beschädigt. Sie stellte ihn zu Beginn auf den Verstärker, schaltete ihn ein und bediente beim Spielen die Regler, je nachdem welchen Ton sie brauchte, schrilles Kreischen, eine kraftvoll knarrende Säge, einen dunkel brummenden Sound oder was auch immer. Und immer den am besten für ihre Zwecke passenden. Nur klang sie dabei nie wie ein anderer Jazz- oder Rockgitarrist, den ich kannte. Sie fabrizierte die unwahrscheinlichsten Lautmalerei, indem sie auf alle möglichen Arten ihre Saiten zum Schwingen brachte und die Tonhöhe mit dem Tremoloarm der Gitarre frei veränderte oder gleich die Gitarre verstimmte, mitten im Spielen. Oder sie improvisierte tonal mit einer an Thelonius Monk und Béla Bartók erinnernden Harmonik, mit sehr spannenden rhythmischen Verschiebungen. Und sie war so ziemlich die einzige hier, die etwas damit anfangen konnte, wenn ich ungerade Rhythmen spielte, die sich nicht rausbringen ließ, wenn ich gegen ihren Rhythmus trommelte.

»Hier, kurze Pause, bevor wir den Rausschmeißer spielen.« Ramses drückte mir ein frisches Glas Pils in die Hand. »Der Break eben war cool. Ist doch immer wieder klasse, was für Geräusche du aus den Hängetoms rauskriegst. Ich dachte, ich wäre im Dschungel.«

»Danke für Bier und Lob«, antwortete ich. »Das eben war so eine kleine Post-Punk-Hommage. Würde zu Hildes Basslinie passen, dachte ich.«

»Ein richtiger Bass wär mal schön«, brummte Ramses. »Ein Kontrabass oder ein E-Bass oder meinetwegen eine Tuba. Aber die Bassisten haben wohl Besseres zu tun.«

»Ich frage mich, woher sie ihre Ausbildung hat.«

»Wer? Prost!«

»Na, Hilde. Prost«

»Ach so. Das habe ich sie tatsächlich auch mal gefragt, als sie angefangen hatte hier zu jammen. Sie war an der Uniklinik hier in Münster, hat sie mir jedenfalls geantwortet.«

»Willst du mich auf den Arm nehmen?«

»Nein, sie ist wohl tatsächlich Krankenschwester. Oder vielleicht schon gewesen, irgendwann meinte sie, sie hätte es nicht mehr so lange bis zur Rente.«

»Ich meinte eigentlich, wo sie Gitarre studiert hat.«

»Sie scheint sich das selbst beigebracht zu haben. Jedenfalls das, was über die Liedbegleitung an der Wandergitarre hinausging. Das hätte sie ganz früher bei der Landjugend gelernt, meinte sie.«

»Das ist ja krass. Ich meine, was sie so spielt, ohne dass ihr das jemand beigebracht hätte. Vielleicht hat sie sich das übers Radio und Schallplatten draufgeschafft.«

»Ja, wenn sie mehr Zeit zum Üben gehabt hätte, hätte was aus ihr werden können. Jetzt spielt sie halt so krauses Zeug, wie's grad kommt. Tja, verheiratet, drei Kinder, Haus und Garten und seit ein paar Jahren einen pflegebedürftigen Mann. Einmal im Monat passt die Nachbarin auf ihn auf, damit sie hier spielen kann. Deshalb muss sie immer so früh aufbrechen.«

»Ich dachte, sie wäre Profimusikerin. Oder vielleicht bildende Künstlerin, die nebenher Musik macht, oder so was in der Art.«

»Naja, vielleicht holt sie sich auch ihre Inspiration aus dem Medikamentenschrank im Krankenhaus, dann wäre das mit der Uniklinik doch die richtige Antwort gewesen, hehe. Los, komm, jetzt spielen wir noch den Saal leer!«

# Kosmetische Chirurgie

»So, Frau Brenner, wie geht's uns denn heute? Die letzte Operation haben Sie wieder gut überstanden, wie's aussieht. Im letzten halben Jahr haben wir ganz schön an uns gearbeitet, nicht wahr, und jetzt, nach acht mehr oder weniger kleinen Eingriffen, sollte äußerlich alles tiptop und wie gewünscht sein. Warten Sie nur ab, bis die Verbände runter sind und die Schwellungen weg, Sie werden staunen, wenn Sie vor dem Spiegel stehen.

Eine Sache wäre da noch, die ich Ihnen zu verbessern noch vorschlagen würde, wenn ich mal so frei sein dürfte: Ihre Stimme passt nicht ganz zu der Traumfrau, die Sie jetzt geworden sind. – Nein, sagen Sie jetzt nichts, das wäre nicht gut für die Lippen, die brauchen noch ein paar Tage, bevor Sie die wieder belasten können. Wir wollen ja nicht, dass die ganze Mühe für die Katz' war und Sie aussehen wie nach einem Boxkampf. Also, Sie wissen ja wahrscheinlich selbst, dass Ihre Stimme nicht ganz so hocherotisch ist wie ihr verbessertes Äußeres, etwas dünn und quäkend, wenn ich mir das erlauben darf. Was die meisten nicht wissen, ist, dass man heutzutage so etwas verbessern kann, genau wie das Gesicht und das Dekolleté und so weiter. Ich kenne da einen Kollegen, einen HNO-Chirurgen, der führt eine ganz exquisite Privatklinik, die genau auf solche Optimierungen spezialisiert ist. Ich sehe schon, ich habe Ihr Interesse geweckt, Frau Brenner. Also, wenn Sie gern eine glockenhelle Stimme hätten, können da die Stimmbänder von allen Unregelmäßigkeiten befreit werden, gestrafft und neu gestimmt, Sie würden klingen wie ein Engel. Allerdings, bei Ihren neuen üppigen Reizen würde ich eher eine tiefere, vollere und auch rauere Stimme vorschlagen. Da werden dann die Stimmbänder entspannt und aufgeraut, da wird in einer halben Stunden das erreicht, wofür andere zwanzig Jahre lang rauchen und trinken müssten, haha! Sie sollten dann allerdings nicht mehr rauchen und trinken, sonst ist die neue Stimme auch bald wieder hin. Aber wer schön sein will, muss leiden, und wer schön klingen will, auch. Sie nicken? Ja, ich will Ihnen nicht verschweigen, bei der tiefen, rauchigen *femme fatale*-Stimme wäre auch eine Kehlkopfverbreiterung notwendig. Das ist wie mit den Boxen von der Stereoanlage, guter Klang braucht seinen Platz. Ja, für den nötigen Resonanzraum müsste dann auch die Mundhöhle noch vergrößert werden, nach hinten und oben in den Kopf hinein. Aber das sollte Ihnen doch kein Problem bereiten, oder?«

# Aus der Vogelkunde

Geradezu sprichwörtlich ist das aufopferungsvolle Brutpflegeverhalten des Gemeinen Kuckucks. Weniger bekannt ist, dass alte Exemplare, die das fortpflanzungsfähige Alter überschritten haben, sich in fremde Nester hineindrängen. Bestimmte Wirtsarten werden bevorzugt: Heckenbraunelle, Girlitz, Schwarzspecht und Birkenreizker. Ein alter Kuckuck dringt bei Abwesenheit der Jungvögel in das fremde Nest ein, stößt die alten Tiere hinaus und lässt sich fortan von den artfremden Jungvögeln füttern und versorgen und mit ihrem Gesang erfreuen.

# Präinkarnation

Ich hatte immer schon lange und tiefe Entspannungsphasen gebraucht. Ich liebte es, mich von meiner Umgebung zu lösen und in eigenen Gedanken abzudriften oder noch lieber ganz ohne Gedanken abzudriften. Zu meinen liebsten Beschäftigungen zählte es, in ein offenes Feuer zu blicken und den Holzscheiten beim Verglühen und Zerfallen zuzusehen oder vom Ufer oder einer Brücke in einen Fluss zu schauen, den Bewegungen der Wellen mit den Augen zu folgen, den verzerrten Spiegelungen des Ufers und der Wolken und dem Wechsel von Lichtreflexen und Schatten. Schon einer Kerze beim Brennen zuzusehen, konnte meine Aufmerksamkeit ganz gefangen nehmen, anzuschauen, wie sich der See von Wachs um den Doch nach und nach ausdehnte, wie kleine, schwarze Ruß- oder Dochtteilchen sich langsam in der Flüssigkeit bewegten, wie die Flammen an hohen Wachsrändern züngelten, die nach und nach abschmolzen und manchmal einfielen und langsam im Wachssee versanken und sich auflösten. Das reichte, um zusammen mit ein oder zwei Gläsern Wein einen ganzen Abend zu verbringen.

Ich wusste nicht genau, ob ich wirklich in dieser Zeit nichts dachte oder es einfach schnell wieder vergaß. Wahrscheinlich dachte ich schon etwas, erinnerte mich an Dinge, aber ich hielt die Gedanken und Erinnerungen nicht fest, sie gingen so leicht, wie sie gekommen waren. Ich erinnerte mich an wenig bis nichts, wie nach einer Hypnose, jedenfalls solange bei der Betrachtung der Kerzenflamme und des Wachses nichts Beunruhigendes in meinem Kopf auftauchte.

Eines Abends jedoch schienen in der Flamme Dinge erkennbar zu werden, die gar nicht da sein konnten. Es schien nicht einfach der Docht zu brennen, sondern ein Haufen von Lumpen, dann eine Holzhütte. Eine vermummte Gestalt mit einem Vogelkopf. Dann sah ich blutrote Schlieren, blutige Beulen auf toten Körpern, eine ganze Reihe von blutigen Leichen in einem Erdloch, einem flachen Grab. Mir wurde übel, giftige Schmerzen schnitten sich durch meinem Kopf und mein ganzer Körper fühlte sich an, als würden auch mir Beulen wachsen wollen, aus denen das Blut hervor bräche. Ich löschte die Kerze, trank eine Tasse Kräutertee, um mich zu beruhigen, nahm eine heiße Dusche und legte mich ins Bett. Es dauerte eine Weile, bis ich einschlief, und die blutigen Bilder verfolgten mich bis in den Schlaf.

Anscheinend waren das Eindrücke von einer Pestepidemie oder ähnlichem gewesen, überlegte ich früh am nächsten Morgen, als ich unausgeschlafen und verwirrt, aber nicht mehr wie gebannt von dem Gesehenen über meiner Kaffeetasse saß. Ich überprüfte das im Lexikon und im Internet. Tatsächlich fand ich solche Darstellungen zu den mittelalterlichen Ausbrüchen von Beulenpest, als man die Leichen in Massengräbern verscharrte, Kleider und Häuser der Opfer verbrannte, und die Pestärzte groteske Masken mit Schnäbeln trugen. Am Abend fühlte ich mich stark genug, um das Experiment mit der Kerze zu wiederholen. Ich setzte mich an meinen Tisch, entzündete den Docht und blickte konzentriert in die Flamme. Lange passierte nichts anderes, als dass meine Augen zu schmerzen begannen. Dann schließlich kamen die blutigen Schlieren wieder.

Was ich danach im Einzelnen gesehen habe, weiß ich nicht mehr. Als ich wieder zu mir kam, war die Kerze ein gutes Stück kleiner, ein großes Stück Ruß hing am Docht. Auf einer Seite war der Rand der Kerze eingefallen und Wachs ausgelaufen, auf der anderen Seite stand ein Wachsrand, angerußt und mit verbogenen Rändern. Die Kerze musste vor einiger Zeit ausgeblasen worden sein, das Wachs war erstarrt und zeigte wenig Restwärme.

Ich hatte eine Pestepidemie miterlebt, nicht im Hier und Jetzt, sondern in einer früheren Existenz. Ich hatte Kontakt zu einem früheren Ich aufgenommen und erlebt und gesehen, was mein früheres Ich erlebt und gesehen hatte, nur durch die Versenkung in die Kerzenflamme, durch eine Art tiefer Meditation und durch Loslassen meines jetzigen Ichs. Nach und nach erinnerte ich mich an die Einzelheiten, die ich während dieses Kontaktes gesehen hatte, an Einzelheiten meines Lebens vor und während die Welt um mich herum im Pestchaos versank. Das war alles sehr faszinierend, ein Historiker wäre sehr wahrscheinlich begeistert gewesen, wenn ich ihm alles geschildert hätte. Es wäre wohl auch möglich gewesen, mich noch einmal in die Flamme zu versenken und noch mehr über meine frühere Existenz herauszufinden. Doch das alles war überschattet von Angst, Todesangst und unerträglichen Schmerzen. Unter meiner Haut glaubte ich ein ungutes Pochen und Kribbeln zu spüren, als ob blutige Beulen herausbrechen wollten. An das Ende dieser Erfahrung mit dem früheren Ich konnte ich mich nicht erinnern, wollte ich mich nicht erinnern, weil ich Angst hatte, meinen eigenen Tod zu erleben. Konnte man den eigenen Tod wieder erleben und das unbeschadet überstehen? Vielleicht hatte mich am Ende nur ein Zufall rechtzeitig zurückgeholt – ein lautes Geräusch von draußen etwa – bevor es zum Schlimmsten kam. Das durfte ich nicht noch einmal riskieren. Ich warf die Kerze in den Mülleimer, nachdem ich sie zur Sicherheit in kleine Stücke geschnitten hatte. Meine Ersatzkerze, die im Schrank wartete, beseitigte ich ebenfalls.

Jetzt war ich in Sicherheit. Die Pesterinnerungen verschwanden nicht, aber ich gewöhnte mich daran, und sie kamen immer seltener wieder hoch. Es war nur schade, dass ich um meine Entspannungsmeditation mit der Kerze gekommen war. Ohne die blieb ich etwas ruhelos, und so gewöhnte ich mir an, lange Spaziergänge zu machen. Das war besser als nichts, aber selbst draußen in der Natur, wo mir wenige Menschen begegneten, lenkte mich zu oft etwas ab.

Eines Abend, als ich von einem Spaziergang zurückkam, fand ich in meiner Jackentasche einen großen, trockenen Lehmklumpen, den ich am Rande eines umgepflügten Feldes aufgelesen und eingesteckt hatte, ohne recht zu wissen, was ich tat. Auch jetzt hatte ich keine bestimmte Absicht, als ich ein leeres Gurkenglas nahm, den Lehmklumpen hineinstopfte und das Glas vorsichtig mit Wasser füllte. Wollte ich eine Bodenprobe analysieren? Ich stellte das Glas auf den Tisch, setzte mich davor und blickte hinein.

Der Lehm sog sich langsam mit Wasser voll, wobei er dunkel wurde und sich an der Oberfläche langsam auflöste. Die anfängliche Trübung im Wasser setzte sich langsam als dünne, seidige Schicht am Boden des Glases ab. Nach und nach lösten sich kleine Partikel und sanken langsam wie fallende Schneeflocken nach unten. Manchmal stieg ein kleines Luftbläschen auf und sprang zur Wasseroberfläche, an der Schaumbläschen zurückblieben. Der Klumpen hatte winzige Kanäle und Spalten, die sich durch die Auflösung im Wasser vergrößerten und ihn nach und nach in mehrere Teile zerfallen ließen. Das sah jedes Mal wie ein winziger Erdrutsch in Zeitlupe aus. Der Klumpen bestand nicht nur aus Lehm. Es waren Pflanzenteile darin eingeschlossen, die teils wie die Luftblasen aufstiegen, teils auch zu Boden sanken, wenn sie sich befreit hatten. Kleine Würmer und Insekten fanden sich ebenso an der Wasseroberfläche. Die winzigen Steinchen, die ebenfalls eingeschlossen gewesen waren, fielen, wenn sie sich aus dem Lehmbrocken lösten, schnell nach unten, wo sie beim Aufschlag die Schicht aus losen Schlammteilchen aufwirbelten.

Stundenlang sah ich mir das fasziniert an: Ich hatte eine neue Art der Meditation gefunden! Die meisten würden es wohl befremdlich finden, sich mit einem sich auflösenden Dreckklumpen zu entspannen. Ich aber begann zu experimentieren mit Lehm von verschiedenen Fundorten, ich trocknete den Lehm oder feuchtete ihn an, bevor ich ihn mit Wasser bedeckte, und ich probierte verschiedene Glasgefäße aus. Am Ende kehrte ich wieder zum Gurkenglas zurück. Die optische Verzerrung durch die Wölbung des Glases hatte mich anfangs gestört, dann lernte ich, sie gezielt wie ein Vergrößerungsglas einzusetzen.

Bis ich anfing, im feuchten Lehm Fußabdrücke zu sehen und Wagenspuren. Reihen von Stiefeln und Hufen stampften durch den Regen und zertrampelten Wiesen und Felder in ein lehmiges Durcheinander, das von Rädern weiter zerfurcht wurde. Und ich trug ein Paar dieser Stiefel, dazu eine rote Uniform und ein Gewehr. Mit vielen anderen Soldaten in Rot verschanzte ich mich in einem großen Bauernhof, der bald darauf von anderen Soldaten in weißen und blauen Uniformen angegriffen wurde. Kugeln von Gewehren und Kanonen schlugen um mich herum ein. Vor uns im Feld wälzten sich Körper von Menschen und Pferden oder lagen bewegungslos. Rauchwolken zogen darüber und lösten sich auf, Rauch wehte um mich herum. Die Häuser, Ställe und Barrikaden wurden immer mehr zusammengeschossen, meine Kameraden wurden immer weniger, die Übriggebliebenen waren zumeist verwundet. Beim nächsten Angriff traf mich plötzlich ein Schlag und ein gleißender Schmerz in der rechten Schulter, und mir wurde schwarz vor Augen. –

Das Glas mit dem Lehm lag zerbrochen am Boden, das Wasser hatte der Teppich aufgesogen, und zwischen den Scherben wand sich ein winziges Würmchen. In meinem Kopf war ein dumpfer Druck, und als ich aufstand, um die Scherben und den Lehm wegzuräumen und den Teppich sauberzumachen, konnte ich vor Schmerz die Schulter kaum bewegen. Mir wurde klar, dass ich wieder eine Verbindung zu einem früheren Leben hergestellt hatte, in dem ich Soldat gewesen war, an einer Schlacht teilgenommen und verwundet, vielleicht auch getötet worden war. Ich recherchierte wieder im Internet, um anhand der Uniformen und Waffen, die ich noch vor Augen hatte, herauszufinden, welche Schlacht es gewesen war. Das war ziemlich einfach, ich fand bald heraus, dass die Ausrüstung aus der napoleonischen Zeit stammte. Es gab in dieser Zeit natürlich viele Schlachten, ich kam aber schnell darauf, dass es die Schlacht bei Waterloo war und ich zu den Verteidigern von La Haye Sainte gehört hatte, damit wohl zur britischen »King's German Legion«. Das Gehöft hatten Napoleons Soldaten stundenlang angegriffen und schließlich für kurze Zeit erobert. Auf Bildern erkannte ich das Anwesen wieder, wenngleich die Bäume jetzt anders aussahen. Tatsächlich hatte es vor der Schlacht stark geregnet, vielleicht war der aufgeweichte Boden die entscheidende Ursache für Napoleons Niederlage gewesen. Ob ich damals noch erfahren hatte, wie die Schlacht ausgegangen war? Ob ich wusste, dass ich einer von Zehntausenden Statisten an einem wichtigen Punkt in der Geschichte gewesen war?

Wahrscheinlich hatte ich den Tod eines früheren Ichs noch einmal erlebt. Die Schmerzen und die Unbeweglichkeit der Schulter, die nur psychosomatisch sein konnten, ließen langsam nach. Vielleicht hatte ich das Glas vor Schreck über die Verwundung vom Tisch gestoßen. Das Starren in Gläser mit Lehm und Wasser ließ ich sein.

Ich nahm meine Spaziergänge wieder auf, diesmal zog es mich aber nicht in die Natur, sondern ich lief durch Wohnstraßen, zumal es auch immer früher dunkel wurde. Eines Abends fielen mir die Sperrmüllhaufen auf, die hier und da standen. Bei einem stand eine alte Lavalampe. Kurzentschlossen nahm ich sie mit.

Zu Hause stellte ich fest, dass die Birne durchgebrannt war, die Lampe sonst aber gut erhalten wirkte. In den siebziger Jahren waren diese Lampen als Dekoration beliebt gewesen, und vor ein paar Jahren waren sie im Zuge irgend einer Retro-Welle wieder zu Ehren gekommen. Diese hier schien ziemlich neu zu sein, das Wachs war rot, die Flüssigkeit violett getönt. Im Baumarkt fand ich Ersatz für die Birne, sodass ich die Lampe wieder zum Laufen brachte. Es dauerte ziemlich lange, bis das Wachs durch die Hitze der Glühlampe soweit geschmolzen war, dass flüssiges Wachs durch das violette Wasser aufstieg. Es sah ganz hübsch aus, das von unten beleuchtete rote Wachs, die Langsamkeit der Bewegung, die einfachen, sich stetig ändernden Formen des aufsteigenden und nach Abkühlung wieder absinkenden Wachses hatten etwas sehr Beruhigendes.

Die Lavalampe wurde der neue Mittelpunkt meiner Meditationen. Ich entdeckte unerwartete Details. Nach dem Einschalten der Lampe verflüssigte sich nach und nach das Wachs am Boden in der Nähe der Glühlampe und rotierte langsam unter der noch festen Außenschicht, wie man an den winzigen Gasbläschen im Innern des Wachses erkennen konnte. Die Bläschen verschmolzen teilweise zu größeren. Wenn schließlich das flüssig gewordene Wachs durchbrach und aufstieg, sprang oft ein Gasbläschen voraus und eilte zur Oberfläche. In der Oberschicht blieben die Gasbläschen meistens hängen, manchmal wurden sie wieder mit zu Boden gezogen, wenn eine große Menge Wachs hinuntersank.

Dabei entstanden keine Bilder, die mir wie aus Geschichtsbüchern bekannt vorkamen. Ich konnte mich in den Anblick der Lampe versenken, ohne etwas anderes als Wachs und Wasser und Licht zu sehen, abgesehen von den winzigen Gasbläschen. Nur schien mich etwas, das Wachs oder das Licht zu fragen, wer ich bin und was ich tue. Und nicht nur zu fragen, es war, als ob die Antworten aus mir herausgezogen werden sollten.

Das war mir unheimlich, und ich hatte genug Geistesgegenwart, um die Lavalampe auszuschalten. Es war mir aber auch peinlich, die Frage, wer ich bin, zu beantworten. Ich mache gar nicht viel, meine Arbeit ist todlangweilig und meine Freizeit verbringe ich mit Nichtstun und Träumereien. Nichts, was man gern über sich preisgibt. Eigentlich hatte ich mal Geologie studiert und davon geträumt, Wissenschaftler zu werden und aufregende Forschungsreisen zu unternehmen. Aber das Studium hatte zu lange gedauert, die Noten waren nicht gut genug gewesen, und ich hatte versäumt, wichtige Kontakte zu knüpfen. So hatte es am Ende nur zu einer Stelle im Katasteramt gereicht, wo ich mich tagaus, tagein am Schreibtisch langweilte. Dann kam mir eine Idee: Wenn mich die Lampe oder wer auch immer durch sie Kontakt zu mir aufnahm wieder fragte, was ich tue, wollte ich einfach an das denken, was ich gern gemacht hätte.

Am nächsten Abend schaltete ich die Lavalampe wieder ein. Es dauerte ungewöhnlich lange, bis das Wachs am Boden

flüssig genug war, dann klappte plötzlich die feste Oberschicht um und ein Schwall zäher roter Flüssigkeit stieg auf.
Oben beruhigte sich das Wachs, und nach kurzer Zeit wölbte
sich das flüssige Wachs in der Mitte wieder nach unten, ein
dicker Tropfen bildete sich, die Verbindung nach oben
schnürte sich ein und riss ab. Die Oberfläche zitterte, bis sich
die Erschütterung verlaufen hatte, und der Tropfen setzte unten langsam auf. Es ging immer weiter, und tatsächlich kam
auch das saugende Gefühl wieder, jemand wolle wissen, wer
ich bin. Ich erinnerte mich an meinen Plan und dachte an Forschungsreisen, die ich als Geologe gemacht hätte. Berge hätte
ich bestiegen und das Gestein untersucht, Erdbeben vermes-
sen und am liebsten Vulkane beobachtet. Ich stand schließlich
auf einem erhöhten Felsen und beobachtete einen Vulkan, der
Asche in die Atmosphäre spuckte und an dessen Flanken
Lava langsam herunter strömte, zähe, rot glühende Lava, deren Hitze zu mir herüber wehte und die einen trockenen, me-
tallischen Geruch verbreitete. Die Lava wälzte sich immer
träger, dunkle Schlacke bildete sich an der Oberfläche. Neue
Lava von oben kam nach und versuchte die alte, die im Er-
starren begriffen war, zu überholen, rollte mühsam darüber
und war bald genauso zäh und träge. Da bebte plötzlich der
Boden, nahe vor meinem Beobachtungspunkt brach das Gestein auf, helle, flüssige Lava trat aus. Ein Nebenkrater schien
sich zu bilden, ein aufregendes Schauspiel. Aber die heiße
Luft nahm mir den Atem, die Lava strömte schnell an meinem
Felsen links und rechts vorbei und stieg immer höher.

# Suchmaschine

Bevor ich anfing, brauchte ich noch etwas, um richtig wach zu werden. Wo waren nur die Kapseln für den Espressoautomaten? Aber wofür gab es eine Suchmaschine!

Die Suchmaschine findet alles, nicht nur alle möglichen Informationen, Webseiten, Dokumente, Bilder, Musikdateien, Videos und so weiter, sondern auch alles im Internet der Dinge, jedes Gerät im Haushalt und Büro einschließlich der Fernbedienungs-Apps, ferner alle Vorräte, die inventarisiert sind. Ich kann sogar die Streifzüge der Katze beobachten, die mit einem GPS-Sender gechippt ist, oder überwachen, wo sich die Kinder herumtreiben. Letzte Woche allerdings hat meine Tochter mich ausgetrickst und mit ihrer Freundin das Smartphone getauscht, kurz bevor diese mit ihren Eltern einen Ausflug ans Meer gemacht hatte.

Kaum hatte ich »Espress« eingetippt, wurde »Express« daraus! Ich wollte aber weder einen Expresslieferdienst noch etwas über Expressionismus erfahren und noch viel weniger eine Bahnverbindung buchen. Konnte ich die Autokorrektur abschalten? Ich suchte unter Optionen – Eigenschaften, Sicherheit, Verlauf – nein, viel zu kompliziert, ich brauchte erst einen Kaffee. Hätte ich nach Autokorrektur oder Autoergänzen suchen müssen?

Ich tippte »Kaffee« ein, das Gerät ergänzte »Kaffeebraun, heiß und völlig verdorben« – verdammt, mein Sohn muss die Kindersicherung der Suchmaschine abgeschaltet haben! Wie sonst kam dieses Gerät dazu, mir so etwas anzubieten? Na, vielleicht war die Kindersicherung auch gestern abgeschaltet worden, als ich ein Update für die Suchmaschine installiert habe, vielleicht wurden dabei meine persönlichen Einstellungen zurückgesetzt. Das musste ich überprüfen, sobald der Espresso seine Wirkung tat.

Ich überlegte, wie ich die Suchmaschine überlisten konnte und suchte die Haushalts-Inventarliste, um die Espressokapseln im Quelltext zu finden. Die Inventarliste, stellte ich fest, war kein *spreadsheet* mehr wie noch vor wenigen Jahren, sondern eine relationale Datenbank. Also nicht mehr eine große Tabelle, sondern viele noch größere Tabellen, die durch multiple Beziehungen miteinander verknüpft waren – und alles in winziger Schriftgröße. Keine Ahnung, wo ich was zu suchen anfangen sollte. Nach Espresso, nach Kapsel oder nach dem Markennamen? Was hatte ich überhaupt eingekauft? Muss ich nach Verbrauchsmaterial suchen? Unter Lagerort – Küchenschrank? Nach dem Verfallsdatum?

Schließlich kam die rettende Idee: Die Datenbrille und die Ohrhörer lagen in Reichweite, ich musste also nur ein multimediale psychotrope *Virtual-Caffeine*-Anwendung downloaden und abspielen. Nach dreißig Sekunden Bild- und Tonflut stand ich komplett unter Strom.

# Die Säge

Für den Versuchsaufbau brauche ich noch ein rechteckiges Holzbrettchen. Alles Mögliche habe ich im Labor, aber natürlich kein Holz. Ich gehe in die Institutswerkstatt. Der Meister hat auch kein Holz, weiß aber, dass wir in einem nahe gelegenen Laden in der Oberstadt ein Brett bekommen können. Wir gehen los, draußen scheint die tief stehende Wintersonne zwischen die Häuser und blendet mich. Der Laden sieht von außen wie ein kleines Möbelgeschäft aus. Ein Brettchen habe sie nicht, sagt die Inhaberin, eine ältere blondgelockte Frau zum Meister, sie könne aber schnell eines absägen. Sie nimmt ein kleines rundes Beistelltischchen, das weiß und golden gebeizt ist wie eine Weihnachtsdekoration, dann klappt sie eine an der Wand neben der Kasse befestigte Tischkreissäge aus. Damit sägt sie einen Streifen von der Tischplatte ab. Das Brettchen ist zwar nicht rechteckig, aber antik. Damit wird mein Experiment zur Not wohl funktionieren. Ein dunkel gekleideter, kleiner, rundlicher Mann setzt sich an den Tisch neben der Säge. Er verkündet laut, er und seine Freunde möchten unbedingt dort sitzen, wo sie die Säge gut hören können, und jetzt möchten sie ihre Bestellungen aufgeben.

# Kürzestgeschichte

Alternativlos
war eine Niete.

# Down Dog

Mir sprang die Gitarre, die auf der Yogamatte lag, sofort ins Auge, als ich den Raum betrat. Es wurde draußen langsam dunkel, und die glatte Gitarrendecke reflektierte das wenige Licht, das in den Raum fiel.

»Oh, gibt's heute Gitarrenyoga?« sagte ich.

»Genau«, antwortete sie. »Hi, ich bin die Jessi, ich vertrete heute die Selma.« Sie war größer und jünger und nicht so dünn wie Selma. Ich grüßte zurück und nannte meinen Namen. »Ich mache ja nur ein bisschen Begleitung beim Singen. Du spielst auch Gitarre?«

»Ja, aber mehr E-Gitarre.« Und ausgerechnet heute war ich mit einem Metallica-T-Shirt zum Yoga gegangen, weil ich sonst kein sauberes mehr hatte. Ich hatte Bedenken gehabt, damit schlechte Schwingungen in den Raum zu bringen. Das Yogastudio war früher ein Versicherungsbüro gewesen. Damals dürfte es noch keinen Buddha und keine Yin-Yang-Symbole hier gegeben haben. Selma meinte gelegentlich, sie müsste immer noch die in den Räumen verbliebenen negativen Energien mit Räucherstäbchen vertreiben.

Jessi zündete Kerzen an, schaltete aber kein Licht an. »Kannst du mir vielleicht die Gitarre stimmen?«

»Ich versuch's mal.«

»Du kannst ja am Ende noch was für uns spielen, wenn du magst.« sagte sie.

Die Gitarre, eine ältere japanische Ibanez immerhin, sah ganz passabel aus, die Saiten allerdings schienen nicht mehr neu und ziemlich dick zu sein. Stimmen nach Gehör ist auch nicht meine Stärke, aber da nur die tiefe und die hohe E-Saite stärker verstimmt waren, war die Gitarre bald einigermaßen sauber in Stimmung. In der Zwischenzeit waren auch die anderen Teilnehmer angekommen, wurden begrüßt und verteilten sich im Raum. Eine Frau kannte ich nicht, sie kam zu einer Probestunde und rollte ihre Matte neben meiner aus.

Jessi sang und spielte in der Tat ein Mantra zur Begrüßung. Sie hatte eine tolle Stimme und überhaupt eine umwerfende Präsenz. Für ein Mantra fand ich es ein bisschen schnell. Die Begleitung bestand aus dem A-Moll-Akkord.

Die Atemübung am Anfang hielt sie kurz für meinen Geschmack. Nur zu sitzen und zu atmen fand ich immer schön, um in eine Yogastunde hineinzukommen und alles anderes loszuwerden.

»Wir atmen ein und holen uns die Energie, die wir brauchen.« sagte Jessi. »Wir atmen aus und geben alle verbrauchten Energien zurück.« Ja, und meine Nachbarin mit der Probestunde hatte offenbar ihre Energien durch Rauchen verbraucht.

Es ging mit Dehnübungen weiter. Jessie schritt durch den Raum, elegant und kraftvoll wie ein Panther. Selbst ihr Haar war so kraftvoll, dass es sich nur mühsam zu einem störrischen Pferdeschwanz zurückbinden ließ. An einem Unterarm war ein schwer entzifferbares Tattoo und an den kleinen Zehen trug sie Ringe.

»Noch zwei Wiederholungen im eigenen Atemrhythmus.« Der Atem war nicht das Problem, aber ich hatte an einer Stelle den weiteren Bewegungsablauf vergessen. Ich ließ mich auf der Matte nieder, bis alle fertig waren. Die Neue neben mir war auf jeden Fall nicht zum ersten Mal beim Yoga, Rauchen hin oder her. Es ging mit dem Sonnengruß weiter.

»Und mit der Ausatmung über Knie und Fersen wieder zurück aus der kleinen Kobra in den hinabschauenden Hund. Down dog.« Bei Selma hieß diese Stellung Adho Mukha Svanasana. Das fand ich angemessener, auch wenn ich es kaum behalten oder aussprechen konnte. Aber Englisch beim Yoga, das erinnerte zu sehr an Arbeit. Oder an Songtexte. Jedenfalls diente es nicht der Entspannung oder der Erleuchtung.

Ich verkuckte mich regelmäßig in bleiche Szene-Frauen, aber so jemand wie Jessie hatte ich noch nicht getroffen. Das Yoga war in dieser Hinsicht keimfrei geblieben, bis jetzt. Während der Endentspannung war ich nicht wirklich entspannt und frei von Gedanken. Stattdessen überlegte ich, was ich gleich spielen sollte, falls Jessi das nicht vergessen hatte. So viele ruhige, atmosphärische Stücke, die in ein Yogastudio passten, kannte ich nicht.

Jessi ließ uns zum Ausklangen dreimal Om singen, allerdings sagte sie nicht singen, sondern »chanten«.

»Bedank dich bei dir selbst für die Achtsamkeit, dir du dir heute entgegengebracht hast.«

Langsam und vorsichtig begannen wir uns wieder zu bewegen.

»Spielst du uns jetzt was?« sagte sie mehr als sie wirklich fragte. Ich nahm die Gitarre und setzte mich auf die Fensterbank, weil ich auf dem Boden sitzend unmöglich spielen kann. Zum Yoga sollte es meine ruhige, atmosphärische Eigenkomposition sein, die auf Terzgriffen in Kombination mit Leersaiten beruht. Beim ersten Griff im zwölften Bund merkte ich mit Schrecken, dass die Saiten nicht nur sehr dick und alt waren, sondern auch sehr hoch lagen. Es kostet viel Kraft, die Saiten zu greifen, und die greifenden Finger mussten so tief runter, dass sie die klingende leere A-Saite abstoppen, den Ruhepol. Dass ich selbst gerade noch tief entspannt war, machte die Sache nicht besser. Ich kam aus dem Konzept, mein Spiel wurde holperig, und immer wieder geriet mir ein abgewürgter oder falscher Ton dazwischen. Ich war als Gitarrist schon oft genug in Situationen gewesen, in denen es einfach nicht gut lief, Vorspielen in arroganten Bands oder chaotische Live-Auftritte, aber so eine Fingerquälerei durch eine fremde, praktisch unbespielbare Gitarre hatte ich noch nicht erlebt. Barfuß in einer Yogahose und einem Metallica-T-Shirt zwischen Kerzen auf der Fensterbank krümmte ich mich über das Instrument und versuchte verzweifelt, die Kontrolle über meine Finger zurückzugewinnen. Für den Rest des Stückes, zum Glück war es kurz, wurstelte ich mich durch. Und keine Zugabe!

Ich gab Jessi die Gitarre zurück und rollte erst einmal wortlos meine Matte zusammen. Der Gitarrenhals hatte zu lange zu viel Zug abbekommen durch die starken Saiten, die wahrscheinlich oft nach Gehör zu hoch gestimmt waren. Wenn sie nur in der untersten Lage Akkorde schrammelte, fiel ihr das natürlich nicht auf. Während ich überlegte, ob ich ihr sagen sollte, sie solle erstens die Saiten öfter wechseln und zweitens die Halskrümmung nachstellen lassen, redete eine andere Frau auf Jessi ein, weil sie ihr Mantra so toll fand. Ich wartete eine Minute lang unschlüssig, weil ich einfach noch mehr als gern mit Jessi geredet hätte, ging aber schließlich nach Hause. Das war wohl auch besser so, sonst wäre mir wahrscheinlich das Wort »Achtsamkeit« herausgerutscht, und das gehörte eigentlich zu ihrem Text.

# Neuronenspiegel

Es war gar nicht so einfach, den Löffel mit dem Brei in den Babymund zu bekommen. Simone hatte mir die Schale mit dem Brei und den Löffel in die Hand gedrückt und mich gebeten, Charlotte zu füttern, während sie selbst in Ruhe essen wollte. Wenn ich meine Schwester und ihre Kinder schon mal besuche, könnte ich mich ja mal nützlich machen, hatte sie gesagt. Irgendwie bekam ich Charlotte dazu, den Mund wieder aufzumachen, sobald sie eine Portion Möhrenbrei geschluckt hatte, aber zu oft blieb er halboffen stehen oder ging wieder zu. Ihr älterer Bruder Clemens überlegte noch, ob er seine Nudeln überhaupt essen oder nur umrühren wollte.

Simone musste lachen: »Du scheinst ja sehr ausgeprägte Spiegelneuronen zu haben!«

»Was, wieso?«

»Jedes Mal, wenn du ihr den Löffel hin hältst, geht dein Mund sperrangelweit auf.«

»Und was hat das mit meinen Neuronen zu tun?«

»Es gibt Hirnforscher, die die Existenz von sogenannten Spiegelneuronen annehmen. Noch nie davon gehört? Das sind Nervenzellen, die aktiv werden, wenn man bestimmte Dinge tut oder nur beobachtet. Außerdem spielen sie eine Rolle beim Empathievermögen, also bei der Fähigkeit, sich in andere hineinzuversetzen. Sorry, aber das sieht echt lustig aus!«

»Vielen Dank. Ist ja auch für einen guten Zweck.«

»Ok, ich löse dich ab, dann kannst du auch mal was essen. Bevor du vor deinem vollen Teller verhungerst. Du hast sicher Hunger vom Schwimmen?«

»Streckentauchen hauptsächlich. Quasi Schwimmen unter Wasser.«

»Und das macht Spaß?«

»Vor allem ist es unter Wasser so schön ruhig und friedlich.«

Den freien Tag hatte ich zu einem Tauchtraining außer der Reihe genutzt, bevor ich Simone besuchte, die große Pädagogin und Psychologin.

Eine Nudel rutschte mir kurz vor dem Mund von der Gabel und verschmierte meinen Pullover mit Tomatensauce. Clemens freute sich darüber. Er hatte zu essen angefangen, im unteren Teil seines Gesichts und auf seinem Strickjäckchen dominierte mittlerweile die Farbe Rot. Clemens nutzte seine feinmotorischen Fähigkeiten bevorzugt, um Dinge auseinanderzunehmen, beim Essen oder sonstigen nützlichen Verrichtungen ließ die Koordination wieder zu wünschen übrig.

»Spiegelneuronen sorgen wohl auch dafür, dass man unwillkürlich die Handlungen anderer übernimmt. Mitlachen, zum Beispiel, auch wenn man den Witz nicht verstanden hat.«

Das allerdings kam mir bekannt vor, langsam konnte ich mich mit Simones Theorie anfreunden. Wie oft schon war es mir passiert, dass ich im gleichen Moment wie jemand anderes nach einem Gegenstand griff oder mir an die Nase fasste. Oder mitlachte, obwohl ich den gerade erzählten Witz nicht lustig fand. Die Spiegelneuronen waren schuld, ich konnte gar nichts daran ändern.

Nach dem Essen verabschiedete ich mich und stieg in die Straßenbahn, um nach Hause zu fahren. Es war ein mäßig kalter Januarabend. Simones Spiegelneuronentheorie beschäftigte mich noch immer. Damit ließ sich so einiges erklären: Mitlachen oder synchrone Bewegungen, das Übernehmen von Verhaltensweisen oder Redewendungen meiner Kollegen und Vorgesetzten, die gar nicht zu mir passen, die ich aber nicht loswerden konnte. Und auch die vergeblichen Mühen, meine Arbeit zu organisieren, wurden mir verständlich: Die ganze Firma war so unorganisiert, dass ich nicht anders konnte, als immer wieder die selbst geschaffenen Ordnungen zu verändern, bis ich am Ende nichts mehr wieder fand. -

Jemand hatte sich auf den Sitz mir gegenüber gesetzt, was ich zuerst kaum registriert hatte. Dann jedoch fiel mir ein sehr unangenehmer Geruch auf. Der junge Mann mir gegenüber war unrasiert und seine Kleidung alt und abgetragen. Es roch, als sei er in einen Hundehaufen getreten oder in etwas noch schlimmeres. Volle Babywindeln waren harmlos im Vergleich dazu. Ich zog unwillkürlich die Luft durch die Nase ein, um den Gestank zu überprüfen.

»Hast du ein Problem oder was?« fuhr der Mann mich an. Offenbar hatte er mein Schnüffeln und mein angewidertes Gesicht wahrgenommen.

»Viele! Soll ich dir eins abgeben?«

Diese Antwort schien ihn zu überfordern, er suchte sichtbar nach einer Antwort und starrte mich feindselig an. Ich starrte zurück und hielt die Luft an, denn es stank einfach zu schlimm. Zum Glück konnte ich seine Schuhsohlen und das, was vielleicht darunter klebte, nicht sehen. Er trug eine alte gesteppte Winterjacke, die längst eine Wäsche vertragen hätte. Die Füllung schien feucht und verklumpt am Außenstoff zu kleben. Vielleicht gammelten die Daunen, falls es welche waren, in der Jacke vor sich hin, das würde die faulige Note in dem Geruch erklären. Merkwürdig, dass sich niemand sonst in der Straßenbahn daran störte. Aber alle blickten vor sich hin und dachten nur daran, nach Hause zu kommen. Nur wir zwei starrten uns weiter feindselig an. Er schien jetzt begriffen zu haben, dass meine Antwort unfreundlich gewesen war, wusste aber nicht, ob es klug war, sich mit mir anzulegen.

Auf eine Art tat er mir auch leid. Offenbar hatte er wenig Geld, warum auch immer. Vielleicht hatte er einen kalten und schmutzigen Arbeitsplatz, vielleicht hatte er heute obendrein noch einen besonders schlechten Tag gehabt und fuhr jetzt müde und gereizt nach Hause. Oder er hatte gar keine Arbeit. Und dann kam einer wie ich und rümpfte die Nase. Trotzdem hätte er nicht so aggressiv sein sollen.

Der junge Mann wurde nach und nach rot und röter im Gesicht, die Augen weiteten sich unnatürlich, und er begann zu schwanken.

»Was ist denn mit dem los, kriegt der keine Luft mehr?«
fragte die Frau, die neben mir saß.

Luft?

»Weiß auch nicht.« sagte ich, nachdem ich tief aus- und
eingeatmet hatte. Der Mann schnappte nach Luft. Ich erschrak. Nach jahrelangem Tauchtraining war es für mich
überhaupt kein Problem, mehrere Minuten lang die Luft anzuhalten. Für meine Spiegelneuronen auch nicht, für ihn offenbar schon. Die Bahn hielt, und der Mann mit der Daunen-
jacke wankte zum Ausstieg

»Na, das ist auch kein Wunder bei dem ekligen Geruch
hier.« sagte die Frau.

# Ein Haufen Zeug

Ich zog die Jalousie des Küchenfensters hoch und warf einen Blick hinaus in den trüben Februarmorgen. Geparkte Autos standen vor der nächsten Häuserreihe. Schräg gegenüber lag etwas Großes, das gestern noch nicht da gewesen war. Ich verrenkte den Hals, um mehr zu erkennen. Offenbar war das nur ein Haufen Sperrmüll: Ein Turm aus blauen Plastikeimern, Bretter, die wahrscheinlich von einem zerlegten Regal oder Schrank stammten, ein Kinderlaufstall und ein Katzenkratzbaum, dazwischen ein paar kleinere Gegenstände, die ich nicht erkennen konnte. Alles war auf einer dieser Verkehrsberuhigungshalbinseln um einen kahlen Baum herum angeordnet – oder wie auch immer man diese ungepflasterten Ausbuchtungen des Bürgersteigs bezeichnete.

Mein erster Gedanke war, den eigenen Sperrmüll dazuzustellen. Wir waren erst vor einer Woche in unser Reihenhäuschen eingezogen, und schon war Sperrmüll da: Ein Tischchen, und ein Korb, die beim Umzug kaputtgegangen waren, die alten Toilettensitze und ein Kellerregal der Vorbesitzer. Leider musste Sperrmüll vorher angemeldet werden, und das Risiko, von noch unbekannten Nachbarn beobachtet und angeschwärzt zu werden und ein Bußgeld zahlen zu müssen, war zu groß. Wir würden den Müll selbst anmelden und noch ein paar Wochen oder Monate im Keller aufheben müssen.

Früher hatte ich mich gern mal vom Sperrmüll bedient und einige kleine Sachen wie Kisten oder Lampen und sogar Bücher gefunden, damals, als ich noch studierte und nicht viel Geld hatte. Lange her.

Bevor ich später meinen Wagen hinter dem Müllhaufen wieder fand, entdeckte ich, dass sowohl der Laufstall als auch der Kratzbaum relativ neu und funktionstüchtig aussahen, und dass die blauen Eimer einmal Frittierfett enthalten hatten. Entweder ernährte sich einer der neuen Nachbarn sehr ungesund oder er betrieb nebenher einen Imbiss. Entweder war eine Katze gestorben, ohne Hoffnung auf Wiederkehr entlaufen, verschenkt oder ins Tierheim abgegeben worden. Entweder war ein Kind dem Laufstall entwachsen oder vom Jugendamt abgeholt und ins Heim gebracht worden. – Endlich sprang der Wagen an!

Als ich abends zurückkehrte, war der Sperrmüll nicht abgeholt worden. Aber die meisten Plastikeimer waren verschwunden, der Kratzbaum umgestürzt, ein neuer Stapel Bretter, der wohl mal ein Schrank gewesen war, diesmal in schwarz, war dazugekommen. Obendrauf stand eine flache schwarze Kiste, die sich beim näheren Betrachten als ein Equalizer erwies, ein Hifi-Gerät aus einer Stereoanlage. Nicht etwa ein Endverstärker mit Klangregelung, sondern ein separater Equalizer. Nach meiner Einschätzung waren solche Klangverschlimmbesserer spätestens irgendwann Mitte der Neunziger ausgestorben. Dem klobigen Design nach mochte dieses Gerät aus den Achtzigern stammen. Wer hatte was für Musik damit gehört? Wohnte in meiner unmittelbaren Nachbarschaft ein um dreißig Jahre gealterter Fan von Synthie-Pop oder Hairspray-Metal? Ich überlegte, die Hifi-Komponente für eigene Experimente oder nötigenfalls für eine Reparatur später am Abend ungesehen einzusacken. Da ich aber noch das Treppenhaus zu streichen und Lampen aufzuhängen hatte, vergaß ich es wieder, und am anderen Morgen war das Gerät weg.

Schade. Dafür waren die Schrankbretter auf den nächsten Parkplatz gerutscht, auf den jemand einen neuwertigen, aber spotthässlichen Polstersessel gestellt hatte. Der Kratzbaum war wieder aufgestellt, jemand hatte ein baufälliges CD-Regal dagegen gelehnt. Vom Laufstall war das angehängte Babyspielzeug verschwunden. Auch waren jetzt alle Plastikeimer weg. Entweder konnte jemand Putzeimer gebrauchen, oder die Müllmänner, die heute die gelben Tonnen gelehrt hatten, hatten sich ihrer erbarmt.

Als ich Kind war, waren ausgemusterte Möbel auf den Dachboden gewandert. Man konnte ja alles noch mal brauchen. Das ging hier nicht. Wie an den Gauben und den großen, mit Rollos verdunkelten Dachfenstern zu erkennen war, waren die Dachgeschosse als Wohnräume ausgebaut. Bei den hiesigen Grundstückspreisen und Baukosten waren die Grundrisse klein, und jeder Kubikmeter umbauten Raumes – so sprachen Architekten und Immobilienmakler wohl – musste optimal genutzt werden. Ich kannte das schon von unserem alten Wohnort, der genau so aussah wie dieser hier. Gern werden solche Reihenhäuser auch ohne Keller, weil dann noch günstiger gebaut, und als einziger Stauraum blieb – die Garage! Wie oft hatte ich Garagen gesehen, den Rasenmäher und sämtliche anderen Gartengeräte sowie Kinderfahrzeuge – Fahrräder, Laufräder, Kinderwagen, Bobbycars, Roller, Dreiräder, Skateboards, Inliner und so weiter – zusammen mit allem möglichen anderem Gerümpel aufnehmen mussten. Für ein Auto blieb da natürlich kein Platz mehr außer dem Straßenrand. Und selbst hier machte ihnen der Sperrmüll den Platz streitig.

Abends war der Sperrmüll wieder nicht abgeholt. Der Sessel wies Fußabdrücke auf und stand mitten in der Parkbucht, der übrige Müll war malerisch darum drapiert. Der Baum auf der Verkehrsinsel stand fast wieder frei. Ein Schrankbrett, das vorwitzig auf die Fahrbahn ragte, war von Reifen zerquetscht worden. Wahrscheinlich war das ein Lieferdienst gewesen, der neuen Plunder gebracht hatte. Das Brett war aus Pressspan gewesen. Falls der Laufstall bis zum Frühling hier bliebe, würde ich wohl der Versuchung erliegen, ein Kaninchengehege daraus zu basteln. Für den Fall, dass uns mal ein Kaninchen zuliefe.

Ich fragte mich, ob überhaupt jemand eine Sperrmüllabholung beantragt hatte, oder ob sich die Müllabfuhr aus formaljuristischen Gründen verweigerte. Jeden Tag wanderte der Müll unter Austausch oder Verfall einiger Komponenten und unter dem Einfluss der Witterung ein paar Zentimeter weiter gen Süden. Ein Bügelbrett und ein Computer-Monitor tauchten auf. Der Sessel und der Kratzbaum blieben als Fixpunkte, die dem Straßenrand etwas von einer morbiden Wohnzimmeratmosphäre gaben. Vor allem mit der Stehlampe zusammen, die aber bald wieder verschwand. Wahrscheinlich hatte sie einer der Altmetallsammler mitgenommen, die im Wochentakt unter Abspielen eines synthetischen Kinderliedes mit ihrem Transporter durch die Straßen krochen.

Wir lernten den ein oder anderen Nachbarn auf der Straßen kennen, und stellten insgeheim Überlegungen an, wer was weggeworfen – und teils schlimmer noch: – vorher gekauft hatte. Jeder der Nachbarn, die wir nach und nach trafen, stritt ab, nachdem wir das Gespräch auf den Sperrmüllhaufen gelenkt hatten, dass ein Teil des Mülls von ihm stammte. Eigentlich trafen wir alle Nachbarn aus der kurzen Straße. Stattdessen wurden Vermutungen geäußert, man erinnerte sich an die vermeintliche Möblierung eines abwesenden Dritten, und es wurde über die Müllabfuhr gemeckert.

Eines Abend war plötzlich alles weg! Der Sperrmüll war abgeholt worden, nur noch ein paar Brösel Pressspan am Fahrbahnrand waren vom Psychogramm einer Nachbarschaft geblieben.

# Hans im Glück

Hans fand am Brunnen einen alten, aber noch brauchbaren Wetzstein. Einem Gänsehirten, den er kurz danach traf, schwatzte er eine fette Mastgans im Tausch gegen den Stein ab, indem er ihm eine Karriere als Messerschleifer schmackhaft machte. Die Gans konnte er auf ähnliche Weise gegen ein Schwein tauschen, das Schwein gegen eine Kuh, die Kuh gegen ein Pferd, das Pferd schließlich gegen einen Goldklumpen. Der Klumpen wurde dann von einem marodierenden Goldesel aufgefressen, gegen den Hans sich nicht zur Wehr setzen konnte.

Nach dieser Begebenheit werden Personen oder Institutionen, die die Gewinne anderer abschöpfen, gern als Goldesel bezeichnet.

# Das Buch

Endlich hatte mir der Verlag die Autorenexemplare geschickt: Fünfzigmal lag mein erster Roman vor mir, ein zwar relativ schmales Buch, jedoch mein großes künstlerisches Bekenntnis. Und das sollte jetzt seine Leser finden. Wie Schneebälle, die zu Lawinen werden, wollte ich die Bücher in die Welt hinaus werfen.

Drei Exemplare behielt ich für mich, eins für mein Bücherregal, eins zum Mitnehmen und Vorlesen und noch eins zur Sicherheit.

Ich hatte eine Liste von Freunden, Bekannten und sogar Familienmitgliedern vorbereitet, die ein Buch bekommen sollten. Insgesamt waren das siebzehn. Die hoffnungslosen Fälle, die Nichtleser und kulturell Uninteressierten hatte ich gleich aussortiert. Denjenigen, die ich nicht in nächster Zeit sehen würde, musste ich es mit der Post schicken – in der Masse war das nicht gerade billig.

Die meisten der Beschenkten waren freudig überrascht, viele fragten allerdings, worum es in dem Roman denn gehe, ob der womöglich gar autobiographisch sei. Das verdross mich das eine um das andere Mal und ich wusste nichts Rechtes zu antworten. Wofür hatte ich denn einen Umschlagtext geschrieben? Warum möchten die Leute das Buch nicht unvoreingenommen und ohne weitere Kommentare lesen? Der eine oder andere Schneeball würde wohl im Tiefschnee stecken bleiben, aber anderswo würden Lawinen abgehen!

Jetzt war es eigentlich meine Aufgabe, Rezensionsexemplare zu verschicken, denn der kleine Verlag verfügte nicht über die Mittel, die eine richtige Werbekampagne erforderte. Aber wer sollte welche bekommen? Die lokale Tageszeitung? Mir war bekannt, dass die Beiträge im Kulturteil in dieser Zeitung von schlecht oder gar nicht bezahlten Praktikanten geschrieben wurden, deren Texte den Eindruck erweckten, der Rechtschreibunterricht habe in den letzten Jahren schwer nachgelassen. Wahrscheinlich wären sie bereit, über etwas mit

Regionalbezug zu schreiben, aber ich traute nicht einmal dem Chefredakteur zu, meinen doch recht modernen, um nicht zu sagen, experimentellen Roman zu verstehen. Und welcher Leser sollte nach so einer unzutreffenden Buchbesprechung losziehen und ihn kaufen? Die betreffende Zeitung wurde hauptsächlich wegen des Sportteils und der Immobilienanzeigen gekauft.

Eine überregionale Zeitung wäre geeigneter gewesen. Jedoch wusste ich, dass in den letzten Jahren die Kulturredaktionen immer kleiner geworden waren und speziell die Literaturkritik vollends auf den Hund gekommen war, dass niemand mehr Zeit hatte, ganze Bücher zu lesen, und sowieso am liebsten über Bücher von Verlagen geschrieben wurde, die Anzeigenkunden waren, oder über Autoren, die jemand in der Redaktion kannte. (Diese Informationen hatte ich übrigens aus dem Internet.) Wie sollte ich als Einzelkämpfer da eindringen können?

Aber ich war ja kreativ und hatte ein neues Konzept entwickelt, wie ich die Bücher direkt zu den Lesern brächte.

Einen gültigen Fahrschein für den ICE hatte ich, aber keine Sitzplatzreservierung, da ich mir den ganzen Zug oder vielmehr die Fahrgäste ansehen wollte. Nach der üblichen Drängelei beim Einsteigen stand ich im Gang in einem Großraumwagen zweiter Klasse und war froh, nur eine kleine Tasche dabeizuhaben. Der Wagen war gut besetzt, voller Menschen und Gepäckstücke. Anzugträger und Frauen in Kostümen sprachen in Mobiltelefone oder machten sich an ihren Laptops zu schaffen. Offenbar gab es noch Geschäftsreisende, die nicht das Flugzeug nahmen. Einige wenige studierten sogar Akten aus Papier. Ich überlegte, ob es sich um Vertriebsmitarbeiter auf dem Weg zu Kunden oder um Personalreferenten handelte, die in einer Außenstelle Mitarbeiter auf Vordermann bringen sollten. Neugierig war ich auf die ganz normalen, also privat Reisenden, oder überhaupt auf Menschen, die kulturellen Dingen gegenüber aufgeschlossen waren. Auf Reisen, die ich vor Jahren gemacht habe, saßen mir ständig Menschen gegenüber, die den Feuilleton-Teil renommierter überregionaler Zeitungen, seriöse Nachrichtenmagazine oder interessant aussehende Bücher lasen, und ich hatte überlegt, ob sie das zum Privatvergnügen taten oder womöglich beruflich kulturell tätig waren, Rundfunkredakteure, Schauspieler, was auch immer. Einmal war sogar jemand mit einem Cellokasten zugestiegen. Dieser Typ Fahrgäste war offenbar ausgestorben oder las jetzt von elektronischen Lesegeräten, denen man natürlich nicht ansah, ob gerade ein aktueller Schundroman oder Avantgarde-Lyrik angezeigt wurden. Es war erstaunlich, wie viele Lesegeräte, Smartphones und Kleincomputer in Gebrauch waren. Einige wurden sogar zum Ansehen von Spielfilmen benutzt. Das war das Letzte, was ich wollte, neben einem herüberflimmernden Actionfilm sitzen, dessen Konsument sich mit Kopfhörern abgeschottet hatte.

Hier gefiel es mir überhaupt nicht. Die erste Klasse war zwar viel ruhiger, aber eher noch schlimmer, was den geschäftigen Ernst betraf. Als ob ich mich in eine Vorstandsetage verirrt hätte. Der Speisewagen war vollends ungemütlich, enge Tischchen, ungenießbare Gerichte und Gäste, die sich davon überhaupt nicht stören ließen. Die Speisekarte enthielt schwerwiegende Rechtschreibfehler.

Schließlich fand ich in der zweiten Klasse noch einen Wagen mit halbwegs menschlich aussehenden Passagieren. An einem Vierertisch war noch ein Platz frei, wenn auch entgegen der Fahrtrichtung. Egal, ich setzte mich, zog mein Buch aus der Tasche und begann zu lesen. Das war nicht leicht, schließlich kannte ich das Buch in- und auswendig, ich hatte es ja geschrieben. Niemand beachtete mich, obwohl ich mir Mühe gab, eine höchst angeregte Lektüre darzustellen. Da ich mit dem Durchsuchen der Waggons viel Zeit verloren hatte, näherte sich der Zug schon bald dem Bahnhof, an dem ich aussteigen musste. Ich zog meinen Mantel an und ließ das Buch auf dem Tisch liegen. Jemand würde es finden, mitnehmen, lesen und weiterempfehlen. Am Ende des Wagens drehte ich mich noch einmal um. Das Buch lag noch da, wie ich es liegen gelassen hatte, die Sitznachbarn hatten schon ihre Taschenbücher und Studienunterlagen eingepackt, standen gerade auf oder holten schon ihre Taschen aus den Gepäcknetzen. Ich drehte mich wieder zurück und erblickte einen Bahnangestellten in einer schlecht sitzenden Kunstfaseruniform mit einer Mülltüte und Handschuhen. Er hob eine weggeworfene Verpackung vom Boden auf und warf sie in die Tüte. Er sah nicht aus, als interessiere er sich für moderne Literatur, eher so, als könne er nicht mal richtig lesen. In ein paar Minuten würde er an meinem Platz sein und das Buch auf dem leeren Tisch sehen. Und dann? Würde er es liegen lassen, zu den Fundsachen geben oder einfach in seinen Müllsack stopfen? Mir wurde siedend heiß, ich quetschte mich an den Entgegenkommenden vorbei, stieß mit den Knien gegen Hartschalenkoffer, egal, ich eilte zurück, um das Buch wieder an mich zu nehmen.

Einen Schneeball auf eine Heizung zu legen, löst eben keine Lawine aus.

An meinem großstädtischen Ziel angekommen, suchte ich zunächst das Hotel auf und bezog mein reserviertes Zimmer. In der Nachttischschublade lag die obligatorische Bibel. Ich legte mein Buch dazu und schloss die Schublade.

Soweit mir bekannt ist, kommen in Hotels aufgefundene Bücher, die nicht wieder zurückverlangt werden, in Regale irgendwo im Hintergrund der Hotellobby oder des Frühstücksraumes, wo sie zumindest aus der Distanz ganz hübsch aussehen und von Hotelgästen ausgeliehen werden können. Ich selbst hatte das sogar einmal gemacht, während eines Mittelmeerurlaubs, in dem mir kurz vor der Heimreise die Lektüre ausging. Zwischen Reihen von Schund- und Kitschromanen in verschiedenen Sprachen hatte ich einen Band Erzählungen von Knut Hamsun entdeckt, der einzige anspruchsvolle Autor unter all den Büchern. Von den Erzählungen schaffte ich zwei vor der Abreise. Habe ich das Buch einfach mitgehen lassen? Natürlich nicht. Habe ich später ein Buch von Hamsun gekauft? Auch nicht. Mein ratloser Blick fiel auf den Hotelfernseher, der mich namentlich begrüßte. Beim Versuch, den Fernseher abzuschalten, da ich nur in absoluter Dunkelheit ohne die *Standby*-Leuchte irgendwelcher Geräte schlafen kann, geriet ich nur in ein anderes Menü, das mir Fernsehen, Internet oder Bezahl-Programme anbot. Letzteres bedeutete die Wahl zwischen Fußball und ›Erotik‹-Kanälen. Ich legte mein Buch in die Tasche zurück und zog den Netzstecker des Fernsehers. Wenn das die Konkurrenz ist, trete ich gar nicht erst an.

Nein, die Bücher mussten dorthin, wo Menschen Bücher haben wollten: in einen Buchladen. Bald erreichte ich denjenigen, den ich zu Hause nach sorgfältiger Recherche ausgesucht hatte. Zunächst verschaffte ich mir einen Überblick. Die Abteilung ›Romane und Erzählungen‹ war wohl die richtige, ›Klassiker‹ eher nicht, der Sinn und Zweck des Regals ›Belletrisik‹ war mir schleierhaft. Ich suchte nach der richtigen Stelle im Roman-Regal, blickte mich noch einmal vorsichtig um, zog mein Buch aus der Manteltasche und stellte es hinein.

Rein alphabetisch liege ich zwischen einem Autor, dessen langatmige ökologische Thriller oft mit Literatur verwechselt werden und sich wie blöde verkaufen, und einer Schriftstellerin, deren seichte Frauenromane zum Glück wieder aus den Bestsellerlisten verschwunden sind. Ich hätte mir andere Nachbarn gewünscht, aber immerhin würde es Leser in die Nähe meines Buches bringen, denen der surreale Titel auf dem Buchrücken ins Auge stechen konnte. Unauffällig bezog ich in der Nähe Stellung, zog hin und wieder zum Schein Bücher aus dem Regal und tat, als läse ich. Bis zum Ladenschluss wurde mein Buch genau einmal in die Hand genommen und nach höchstens zehn Sekunden wieder zurückgestellt. Vielleicht gab es einen zweiten Schriftsteller meines Namens, ich musste das einmal überprüfen.

Am nächsten Vormittag stand mein Buch immer noch da, wo ich es gestern zurückgelassen hatte, woran sich auch in den nächsten Stunden nichts änderte. Ich holte meine Reisetasche aus dem Hotel und fuhr nach Hause.

Von den mit meinem Roman Beschenkten erfuhr ich nicht viel, außer, dass heutzutage kaum noch jemand Zeit zum Lesen hat. »Meine Schwiegermutter ist jetzt aber ein Fan von dir.« meinte einer. Was wollte er mir damit sagen?

Nach zwei Wochen stand mein Buch immer noch da wie festgefroren, auf dem selben Regalbrett in dem bewussten Buchladen in der anderen Stadt. Allerdings war mir beim Betreten des Buchladens der Wühltisch aufgefallen - Schund, Zerfleddertes, Saisonware vom letzten Jahr und anderes Unverkäufliches war als Mängelware abgestempelt und sollte mit Ramschpreisen unter die Leute gebracht werden, damit wieder Platz im Lager war. In der Grabbelkiste sollte mein Buch allerdings auf keinen Fall enden! Nur einfach mitnehmen konnte ich es nicht, wenn ich nicht eine Anzeige als Ladendieb riskieren wollte. Mir blieb nichts übrig, als damit zur Kasse zu gehen und es zum zweiten Mal zu bezahlen.

Die Verkäuferin zog das Buch über den Scanner, und ein dreifaches Hupen ertönte. Beim zweiten Versuch geschah dasselbe. »Scheint gar nicht im System zu sein.« murmelte sie. »In der Tat, mein Buch passt wohl in kein System.« dachte ich. Sie tippte die ISBN-Nummer in einen Computer. Hinter mir wurden die nächsten Kunden ungeduldig. »Das ist nicht im Sortiment, das kann ich gar nicht abrechnen. Sie sind sicher, dass das von uns ist? Wirklich? Ach, wissen Sie was«, sagte sie gönnerhaft: »Nehmen sie es einfach so mit. Mit besten Empfehlungen des Hauses.«

# Würmer

Immer musste man ihm die Würmer einzeln aus der Nase ziehen! Hätte die Nase ihre Ruhe gehabt, wären nach einiger Zeit anstatt der immer gleichen ekligen Würmer vielleicht Schmetterlinge herausgekommen.

Vielleicht wäre dann aber auch Schlimmeres als Würmer aus der Nase gekommen, Spinnen oder Skorpione. Wir werden es nie erfahren, vielleicht ist das der Sinn des Ziehens.

# Fleischliche Pflanzen

Ich bin ganz vertraulich auf einen Film aufmerksam gemacht worden. Worum es geht, wurde nicht genau gesagt, es muss aber ungeheuer aufregend und sehr wahrscheinlich sexuellen Inhalts sein. Die Vorführung findet in einem kleinen, improvisierten Kinosaal statt. Den übrigen Zuschauern weiche ich aus und vermeide Gespräche und Blickkontakte. Ich will gar nicht wissen, was sie hier erwarten. Sie wollen das wohl auch nicht von mir.

Der Film besitzt tatsächlich von Anfang an eine sehr erregende, aufgeladene Atmosphäre, es handelt sich um nichts anderes als Pornografie. Die Objekte der Begierde, die Hauptdarsteller, rund, prall und saftig, sind – Pflanzen! Von den menschlichen Darstellern, die sich um die Pflanzen bemühen, ist wenig zu erkennen. Kaum eine Bewegung ist zu sehen außer dem Wachsen und Schwellen der Pflanzen. Dieses Schwellen ist es, das die Pflanzenliebhaber provozieren. Man sieht pralle Schlauchblätter, die oben dunkelrot mit weißen Sprenkeln werden und einen gewellten Rand und eine Haube tragen. Das sind eindeutig verschiedene Spezies von S*arrazenia*. Dann gibt es verschiedene *Droseraceae*, Sonnentaugewächse, mit runden oder auch langen, schlanken Blättern in sattem Grün, die dicht überzogen sind mit glitzernden Perlen von dickem, klebrigem, süßem Schleim. Die Blättern zittern leise vor Erregung, gekitzelt von verborgenen Fingern. Schließlich *Dionaea*, die Venusfliegenfalle, deren Blätter zweiteilig aufklappen und mit einem Rand von steifen Borsten gesäumt sind. Innen sind diese Münder dunkelrot eingefärbt. Die Pflanzen sind hungrig und geraten langsam in Ekstase.

Ich drehe mich um, und im Kino findet eine irgendwie umgekehrte Situation statt. Pflanzen bemühen sich zärtlich um die menschlichen Zuschauer. Diese liegen ganz ruhig in ihren Sitzen, während riesige Pflanzen sich über sie beugen und sie hätscheln. Einen nicht mehr jungen Mann sehe ich, mit Brille, Bart, grauem, vollem Haar und Lederflicken auf den Ellenbogen seines Tweedsakkos. Er wird gekost wie ein Säugling und sitzt bewegungslos und ruhig geradeaus blickend wie in einem Sessel, tatsächlich aber in einem prallen Pflanzenkissen, in dem er langsam einsinkt. Andere Kinobesucher scheinen in wannenförmigen Blättern zu liegen, wenn das im Dunst und Halbdunkel richtig zu erkennen ist. Die Luft ist warm und stickig. Ich kann mich nicht von diesem Anblick lösen, kann aber immer weniger erkennen, als hätte ich Schlieren vor den Augen.

# Rumpelstilzchen

Es war einmal ein armer Müller, der ist für diese Geschichte ziemlich unwichtig, hatte aber eine schöne Tochter, sein einziges Kapital, könnte man sagen. Nun traf es sich, dass er mit dem König ins Gespräch kam, und da behauptete er: »Meine Tochter kann Stroh zu Gold spinnen!«

»Das wäre eine Kunst, die mir wohl gefallen täte.« antwortete der König. »Wenn sie wirklich so geschickt ist, dann bring sie morgen in mein Schloss. Ich will sie auf die Probe stellen.«

Als nun das ahnungslose Mädchen zu ihm gebracht wurde – der Müller ließ sich den Empfang quittieren –, da führte der König es in eine Kammer, in der ein Strohballen lag, gab ihr Spinnrad und Haspel und sprach: »Mach dich an die Arbeit und spinne das Stroh zu Gold!«

»Spinnen?« fragte die Tochter. »Spinnen sehe ich genug unter der Zimmerdecke, aber wo soll das Gold herkommen?«

»Keine blöden Witze!« antwortete der König. »Wenn du bis morgen früh nicht fertig bist, musst du sterben.« Dann schloss er sie in der Kammer ein.

Jetzt bekam die Tochter Todesangst, aber auch eine Riesenwut. Ihr großmäuliger Vater hatte sie vermutlich auf diese dämliche Art mit dem König verkuppeln wollen, dieser aber war nur auf Gold aus. Von der Logik her müsste doch der Müller getötet werden, und nicht sie! Sie weinte vor Angst und Wut.

Da ging plötzlich die Tür auf, und ein kleines Männchen trat ein. »Guten Abend, Jungfer Müllerin!« sprach es, »warum weint sie denn so herzzerreißend?«

»Ach, ich soll Stroh zu Gold spinnen, dabei geht das doch gar nicht. Kannst du mich nicht einfach abhauen lassen?«

»Das Stroh zu Gold zu spinnen könnte ich für dich erledigen, aber was gibst du mir dafür?«

»Was hab ich denn schon? Wie wär's mit meinem Halsband?«

»Einverstanden. Gib her! Und mach doch mal das Fenster für mich auf. Dann setz dich da in die Ecke und kuck mir nicht zu.«

Die Tochter tat wie ihr geheißen. Alsbald schnurrte und surrte das Spinnrad, und ein beißender Rauch erfüllte die Kammer. Als dieser sich verzogen hatte, sagte das Männchen: »Jetzt kannst du dich wieder umdrehen.«

Das Stroh war verschwunden, an seiner Stelle lag ein Häufchen Asche am Boden.

»Aha.« sagte das Mädchen, »das Stroh ist schon mal weg, aber wo ist das Gold?«

»Hand aufhalten!« befahl das Männchen und legte ihr einen winzigen Krümel Gold in die Hand.

»Ist das alles?«

»Stroh ist leicht, und Gold ist schwer. Mehr war nicht drin.«

Sprach's, verließ die Kammer und schloss das Mädchen wieder ein.

Kaum war die Sonne aufgegangen, erschien der König und verlangte das Gold.

»Ist das etwa alles?«

»Stroh ist leicht, und Gold ist schwer. Mehr war nicht drin.«

Der König ließ mehr Stroh aus den königlichen Ställen heranschaffen, befahl ihr, über Nacht mehr Gold zu spinnen und schloss das Mädchen wieder in der Kammer ein. Und wieder öffnete sich nach einer Weile die Tür, das Männchen erschien und fragte: »Was gibst du mir, wenn ich wieder das Stroh zu Gold spinne?«

»Meinen Ring von der Hand.« antwortete das Mädchen.

Das Männchen nahm ihn, ließ wieder das Fenster öffnen und befahl dem Mädchen wegzusehen. Das Spinnrad schnurrte, und dichter Rauch füllte die Kammer. Das Mädchen argwöhnte, das Männchen würde das Stroh einfach verbrennen und ihr dann einen mitgebrachten Krümel Gold geben, traute sich aber nicht zu fragen. Die Ausbeute war nicht größer als am Tag zuvor. Wahrscheinlich war ihr Silberring mehr wert als das bisschen Gold.

Wieder erschien der König mit dem ersten Sonnenstrahl und zeigte sich enttäuscht über den Goldstaub.

»Nun, eure Majestät,« sagte das Mädchen »Stroh ist zwar von außen goldfarben, aber von innen eher weiß. Die Strohhalme sind nur von einer hauchdünnen Goldschicht überzogen, die beim Spinnen abgetrennt wird. Der Rest des Strohes verbrennt dabei.«

»Also wenn man Stroh verbrennt, bleibt Gold übrig?« fragte der König.

»Wenn man es einfach anzündet, fliegt das Gold mit dem Rauch davon. Sonst könnte es ja jeder. Man muss das Stroh zu Gold spinnen können.«

»Nun wohl. Bis heute Abend kommt noch viel mehr Stroh. Wenn du über Nacht mehr Gold spinnst, so will ich dich heiraten.«

Auch in der dritten Nacht erschien das Männchen und sprach: »Was gibt's du mir, wenn ich das Stroh zu Gold spinne?«

»Ich habe nichts mehr, das ich geben könnte.« antwortete das Mädchen.

»So versprich mir, wenn du Königin wirst, dein erstes Kind.«

»Wer weiß, ob ich jemals Königin werde oder Kinder bekomme.« dachte sich das Mädchen und versprach es. Auf dieselbe geheimnisvolle Weise entstand sehr wenig Gold aus sehr viel Stroh, und wieder erschien bei Tagesanbruch der König.

»Das ist kaum mehr Gold als gestern, dabei hatte ich dir viel mehr Stroh gegeben!«

»Das stammte von einem Acker am Nordhang, da ist der Goldgehalt geringer.«

»Gut, dann lasse ich alles Stroh von Südhängen im ganzen Reich herbringen!«

»Eure Majestät, wenn wir zu viel Stroh zu Gold spinnen, fällt der Goldpreis ins Bodenlose. Er gibt ja jetzt schon nach. Dafür steigen dann die Fleischpreise ins Astronomische, weil Stroh in der Viehhaltung gebraucht wird. Und wenn das Fleisch zu teuer wird, gibt's einen Aufstand.«

»Mag sie auch nur eine einfache Müllerstochter sein, so ist sie doch eine erstklassige Wirtschaftsberaterin.« dachte der König. »Ich werde sie heiraten.«

Der König hielt Hochzeit mit ihr, und über's Jahr brachte die neue Königin ein wunderschönes Kind zur Welt. Sie kam gar nicht mehr dazu, an das Männchen zu denken, doch plötzlich trat es in ihre Kammer und sprach: »Nun gibt mir, was du mir versprochen hast!«

Die Königin geriet in Panik, sie versprach dem Männchen alle Reichtümer, wenn es ihr nur das Kind lassen wollte. Das Männchen aber sprach: »Nein, etwas Lebendiges ist mir lieber als alle Schätze.«

Die Königin jammerte und weinte so sehr, dass das Männchen schließlich Mitleid bekam: »Na gut! Drei Tage will ich dir Zeit geben. Wenn du in dieser Zeit meinen Namen herausfindest, kannst du dein Kind behalten.«

»Hätte ich mal rechtzeitig nach dem Namen gefragt, damals in der Kammer!« dachte die Königin. »Ach, hätte ich dem Männchen eine reingehauen, ihm den Schlüssel weggenommen und wäre einfach abgehauen! Wo hatte er bloß den Schlüssel her?« Sie besann sich die ganze Nacht auf alle Namen, die sie jemals gehört hatte, und schickte einen Boten über Land, der sollte sich erkundigen, was es sonst noch für Namen gäbe.

Als am andern Tag das Männchen kam, fing sie an mit Kaspar, Melchior, Balzer, und sagte alle Namen, die sie wusste, nach der Reihe her, aber bei jedem sprach das Männchen: »So heiß ich nicht!«

Den zweiten Tag ließ sie in der Nachbarschaft herumfragen, wie die Leute da genannt würden. Sie notierte alle Namen auf Karteikarten, da sie langsam die Übersicht verlor. Als das

Männchen wiederkam, sagte sie alle Namen vor, selbst die ungewöhnlichsten und seltsamsten: »Heißt du vielleicht Rippenbiest oder Hammelswade oder Schnürbein?« Aber es antwortete immer: »So heiß ich nicht.« und die Königin hakte ihre Kärtchen ab.

»Aber warte mal«, sagte das Männchen, »Rippenbiest wäre doch ein schöner neuer Name für das Kind!«

Als am dritten Tag der Bote wieder zurückkam, und sie die gefundenen Namen mit der Datenbank abglichen, so fanden sie keinen einzigen neuen.

»Naja«, sagte der Bote, »einer wäre da vielleicht doch: Wie ich an einen hohen Berg um die Waldecke kam, wo Fuchs und Hase sich gute Nacht sagen, so sah ich da ein kleines Haus, und vor dem Haus brannte ein Feuer, und um das Feuer sprang ein gar zu lächerliches Männlein, hüpfte auf einem Bein und schrie:

›Heute back ich,
Morgen brau ich,
Übermorgen hol ich der Königin ihr Kind.
Ach, wie gut, dass niemand weiß,
dass ich Rumpelstilzchen heiß!‹«

Da kann man sich denken, wie froh die Königin war, als sie den Namen hörte, und als bald hernach das Männchen hereintrat und fragte: »Nun, Frau Königin, wie heiß ich?« fragte sie erst: »Heißest du Kunz?«

»Nein.«

»Heißest du Heinz?«

»Nein.«

»Heißt du etwa Rumpelstilzchen?«

»Äh... So heiß ich nicht!«

»Nicht?«

»Nein!«

Das Männchen, das offensichtlich auch ein Lügner war, riss das Kind an sich und verschwand.

Drei Tage später erschien das Männchen wieder und begehrte, das Kind zurückzugeben.

»Das hat mir der Teufel gesagt, etwas Lebendiges besitzen zu wollen! Schier zerreißen soll ich mich dafür! Fläschchen, Windeln, Saubermachen, in den Schlaf wiegen. Nichts mehr mit ums Feuer tanzen, backen und brauen und anschließend gemütlich bei Bier und Kuchen sitzen!«

# Von allem ein bisschen

Isis war gerade von einem langen Abendspaziergang durch die Rheinwiesen, Spargelfelder und Vorgärten zurückgekehrt, als das Händi piepste. Kirsten schickte eine lange SMS: Sie habe einen fürchterlichen Termin in Düsseldorf und wolle sich danach über Nacht bei mir einladen. Außerdem, wenn es keine Umstände machte, würde sie gern noch etwas essen. »Ok, kein Problem, ich freu mich« schrieb ich zurück und öffnete Isis das Fenster, auf dessen Brett sie saß. In der Küche schaufelte ich ihr ›Rinderhäppchen in feiner Sauce‹ in den Napf, ihr Leibgericht. In den Schränken fand sich nichts Frisches außer ein paar Zwiebeln, die langsam auszutreiben begannen. Unter den Konserven fand ich Sauerkraut und passierte Tomaten in der Dose, ein Päckchen fertige Béchamelsauce und eine halbe Schachtel Lasagneblätter. Zusammen mit dem Käsestück im Kühlschrank ergäbe das eine Sauerkrautlasagne. Ich begann, eine der Zwiebeln zu würfeln. Wenn ich heute Abend allein geblieben wäre, hätten mir Butterbrote gereicht.

Kirsten würde wahrscheinlich wie letztens bei der Gemüsepfanne das Essen loben, überlegte ich, um dann nachzusetzen, dass es mit etwas angebratenem Hackfleisch, Schinken oder Speck noch leckerer gewesen wäre. Während ich gar kein Fleisch und Fisch aß, war sie eine optische Vegetarierin, das hieß, sie aß nichts, was als totes Tier oder Stück von einem solchen auf dem Teller noch erkennbar war. Etwas mit Knochen darin oder gar ein halbes Hähnchen war undenkbar, Salami oder Hackfleisch dagegen kein Problem.

Die Zwiebelstückchen fingen an zu brutzeln.

Vielleicht wäre aus uns kein Paar geworden, hätte Isis sie so reserviert wie den Rest den Menschheit behandelt. Ich hatte die Katze zusammen mit dieser sehr komfortablen Erdgeschosswohnung in Neuss übernommen, als beider Vorbesitzer nach München ziehen und Isis hier zurücklassen wollte oder musste. Ich hatte ihn kaum gekannt, aber wir hatten einen gemeinsamen Bekannten, der gewusst hatte, dass ich aus Düsseldorf rauswollte und außerdem gern eine Katze hätte.

Ich wohnte in einem Vorort direkt am Rhein, relativ abgelegen und ruhig, abgesehen von lärmenden Kindern und dem Brummen der Autobahn. Nebenan war die typische Reihenhaus-Vorort-Hölle, aber der Ortsteil war klein genug, um nach ein paar Minuten Laufen die Häuser hinter sich zu lassen. Jedenfalls konnte ich als freischaffender Übersetzer hier in Ruhe arbeiten. Wenn der Kopf zu sehr qualmte, war es möglich, lange am Rhein spazieren zu gehen, ohne zu vielen Menschen zu begegnen. Und die Katze konnte frei laufen.

Isis war pechschwarz und schlank, mit gelben Augen. Anfangs stand sie mir distanziert gegenüber, was aber nicht persönlich gemeint war. Sie ging grundsätzlich sehr ausweichend mit Menschen um. Nach ein paar Tagen ließ sie sich streicheln, nach Wochen schnurrte sie sogar auf meinem Arm. Beim ersten Besuch von Kirsten strich sie ihr um die Beine und ließ sich wohlwollend kraulen. Ich hatte damit gerechnet, dass Isis sie wie alle Fremden anzickte, aber die beiden verstanden sich auf Anhieb. Vielleicht habe ich deswegen so oft über Kirstens Macken hinweggesehen, weil ich auf Isis Menschenkenntnis vertraute.

Kirsten hatte ich ein paar Monate nach meinem Einzug beruflich kennengelernt, als ihre Firma für eine Werbekampagne einen Übersetzer gebraucht hatte und ich kurzfristig einspringen konnte. Ihrem Chef war in letzter Minute aufgefallen, dass die englischen Werbematerialien des Mutterkonzerns in Deutschland vielleicht doch nicht allgemein verstanden würden. Kirsten musste kurzfristig den Druck von neuen Werbebroschüren organisieren, für die ich die Texte übersetzte. Werbung ist eigentlich nicht mein Fach, aber als Abwechslung war es recht interessant. Außerdem gab es ziemlich viel Geld. Ihr Unternehmen vertrieb Komponenten für den Anlagenbau, hauptsächlich für die Lebensmittelindustrie: Mahlwerke, Fleischwölfe, Förderpumpen und so weiter, die dann bei ihren Kunden in Produktionsanlagen für Dosensuppen, Gefrierpizzas und andere Fertiggerichte eingebaut wurden. Als spezielles Dankeschön hatte Kirsten mich dann im Auftrag ihres Chefs zum Essen in ein teures Restaurant ausgeführt. Als sie mich anschließend nach Hause brachte, verkuckten sich Kirsten und Isis ineinander, und so kam dann eins zum anderen.

Bei meiner Arbeit musste ich eine Vorlage möglichst genau umsetzen, beim Kochen mochte ich das nicht auch noch. Deswegen las ich Rezepte höchstens zu Inspiration und improvisierte lieber mit dem, was mir einfiel, was mich beim Einkaufen anlachte, oder was zu Hause noch vorrätig war. Sauerkrautlasagne war eher simpel, wenngleich das Zusammenspiel von Sauerkraut und Tomate ganz reizvoll war. Wenn ich mir schon die Mühe machte zu kochen, war ich eigentlich viel anspruchsvoller. Hinterher wusste ich manchmal selbst nicht mehr, was ich alles verkocht hatte, und ich hatte wenig Lust, etwas zu erklären. Womit das gewürzt war – »Weiß ich nicht mehr. Von allem ein bisschen, und nichts richtig.« Noch weniger mochte ich indirekte Aufforderungen, Fleisch zu servieren.

Neulich in dem indischen Restaurant in Köln, beim rituellen Probieren vom Teller des anderen, meinte Kirsten, mein *Aloo Gobi* wäre perfekt, wenn man gebratene Putenstreifen hinzugäbe. Was für ein Frevel! Später beim Nachtisch erzählte sie von einem Kollegen, der gerade von einer Dienstreise aus China zurückgekommen war, wo er wahrscheinlich automatische Tofupressen verkauft hatte, und sie nervte mich ihrem mit Gerede, welche Möglichkeiten man dort heute hätte, ganz anders als hier, wo einem alle nur mit ihren Bedenken und ihrer Bürokratie kommen und niemand wirklich Leistung bringen will. »Die Leute da sind noch richtig hungrig.« sagte sie. Blödes Managergeschwätz! Ich antwortete: »Kein Wunder, wenn man nur ein Schüsselchen Reis am Tag bekommt.« Kirsten war beleidigt und meinte, ich sollte nicht so destruktiv daherreden. Ich versuchte, mit ihr konstruktiv über die Menschenrechts- und Umweltproblematik in China zu reden, aber die Stimmung war vollends hinüber gewesen. Wir aßen schlecht gelaunt auf, und jeder fuhr allein nach Hause.

Zwiebel und Sauerkraut köchelten vor sich hin, die Dose passierte Tomaten wurde dazu gekippt und alles mit Salz und Pfeffer abgeschmeckt. Ziemlich viel Salz und noch mehr Pfeffer, offen gesagt, mir war gerade danach. Bei versalzenen oder verpfefferten Gerichten wurde gern scherzhaft behauptet, der Koch sei verliebt. Ob Kirsten diesen Spruch kannte, wusste ich nicht. Es war ja auch nicht verdorben, nur sehr kräftig abgeschmeckt.

Ich hobelte gerade den Käse zum Überbacken, als Isis um meine Beine strich. Ich bückte mich zu ihr und streichelte und kraulte sie hinter den Ohren. Als ich ihr eine Kreuzbeinmassage verpasste, drehte sie sich auf den Rücken, umklammerte mein Handgelenk mit den Vorderpfoten und verpasste meinem Handrücken ein Akupunkturbehandlung. Ich entwand vorsichtig meine Hand, und sie verließ gemächlich die Küche. Ihr Futternapf war noch so gut wie voll, sie hatte nur die Sauce von den Fleischstücken geleckt. Vielleicht hatte sie draußen eine Maus oder einen Vogel verspeist. Das sei ihr gegönnt, schließlich ist sie ja eine Katze. Meine Laune verdüsterte sich trotzdem, mir war, als sei ich für Kirsten und manchmal auch für Isis das Küchenpersonal, das es keinem recht machen konnte.

Da kam mir eine Idee. Ich löffelte die ›Rinderhäppchen‹ aus Isis' Napf in ein Sieb, nahm noch ein zweites Päckchen dazu und wusch unter dem Wasserhahn die ›feine Sauce‹ vom Fleisch ab. Dann briet ich es mit Olivenöl in einer kleinen Pfanne kurz an. Immerhin war das Biofleisch, laut Verpackung und Preisschild. Etwas Salz und Pfeffer dazu. Die große Auflaufform räumte ich in den Schrank zurück und holte die zwei kleinen Auflaufformen für Einzelportionen heraus. In die eine würde die vegetarische Version für mich kommen, in die andere die mit zusätzlichem Rindfleisch für Kirsten. Falls sie nicht bemerkte, was sie aß, würde ich es ihr sagen. Damit würde ich die fleischlichen Auseinandersetzungen mit ihr ein für allemal beenden.

Und Isis würde sich bis morgen früh mit Trockenfutter begnügen müssen.

Kirsten war, wie erwartet, schlecht gelaunt angekommen und hatte nach einem flüchtigen Begrüßungskuss angefangen, auf ihre Geschäftspartner und Kollegen zu schimpfen, »blöde Krawattenwichtel und Business-Kostüm-Schnepfen«, wie sie sich ausdrückte. Ich nahm es diesmal relativ gelassen, eigentlich ging mich das alles nichts mehr an. Die Lasagne brauchte noch ein paar Minuten. Kirsten hatte sich mit einer weiteren SMS gemeldet, bevor sie aufgebrochen war, so dass ich die Lasagne rechtzeitig in den Ofen schieben konnte. Ich öffnete eine Flasche Rotwein.

Kirsten war plötzlich ganz gerührt, als sie bemerkte, dass ich extra für sie eine Portion mit Fleisch zubereitet hatte. Das Essen lobte sie in höchsten Tönen, auch meine fleischlose Variante, die sie wieder probieren musste. »Gut gewürzt«, sagte sie. Bald musste ich auch eine zweite Flasche Wein öffnen, denn Kirsten trank ein Glas nach dem anderen.

Sie erzählte, wie ihre Projektvorstellung bei den Geschäftspartnern schlecht angekommen war, obwohl ihr Konzept so gut gewesen sei, mit richtig guten Ideen, an denen sie wochenlang gearbeitet hatte.

»Und dann sitzen die da und glotzen wie die Ölgötzen, tippen zwischendurch auf ihre blöden Smartphones und Tablets, und stellen ab und zu dumme Fragen. Leitende Angestellte aus einer Marmeladenfabrik in Pusemuckel, die für ein paar Geschäftstermine einen Konferenzraum in einem Düsseldorfer Hotel gemietet haben und sich wer weiß was darauf einbilden.«

»Marmeladenfabrik klingt ja nicht so spannend.«

»Naja, ein bisschen größer sind die schon. Mit Marmelade haben die angefangen, dann Säfte, Süßigkeiten, Fertigzubereitungen, eigene Kühlhäuser und Spedition – egal. Die lieben

Kollegen haben mir erzählt, dass da nur die Verfahrensingenieure und Techniker sitzen würden, und dann sind da die Chefeinkäufer und Controller und wollen Preise drücken. Wer solche Kollegen hat, braucht keine Feinde mehr.«

Sie redete weiter wie ein Wasserfall, dass sie überhaupt keine Lust mehr auf den ganzen Quatsch hatte, stellte ihren ganzen Karriere- und Lebensentwurf in Frage und überlegte laut, ob sie nicht etwas ganz anderes machen sollte. Ich wusste kaum etwas dazu zu sagen und versuchte zaghaft, sie zu trösten.

Isis kam ins Zimmer und strich ihr um die Beine, wahrscheinlich hatte der fleischliche Geruch sie angelockt - langsam hatte sie wohl wieder Hunger bekommen.

»Ach Isilein, willst du mich trösten, du Gute?« seufzte Kirsten.

Sie war von dem ganzen Rotwein rührselig geworden und bedankte sich noch einmal für das tolle Essen.

»Hast du dich extra meinetwegen an der Fleischtheke angestellt?«

»Och...«

»Die kannten dich da bestimmt gar nicht! – Entschuldige, war ein blöder Witz.«

»Schon okay.«

»Sag mal, denkst du manchmal, ich bin auch so eine karrieregeile Intrigantin, so eine narzisstisch Gestörte, die unbedingt die Tollste sein will?«

»Wie? Nein, natürlich nicht.«

»Ich meine, ich habe fast nur solche Typen um mich herum, das hat vielleicht schon auf mich abgefärbt.«

»Äh, ich glaube nicht. Du hast manchmal so einen geschäftsmäßigen Jargon, aber sonst...«

»Siehst du. Wie neulich in dem Restaurant, als ich so herum gezickt habe. Du, das hat mir hinterher so leid getan... Und das war nicht das einzige Mal, dass ich mich so blöd benommen habe.«

»Ach, schon gut.«

Schließlich konnte sie sich vor Geknicktsein, Müdigkeit und Rotwein nicht mehr auf ihrem Stuhl halten, und ich brachte sie ins Bett. Beim Frühstück klagte sie über Kopfschmerzen von dem vielen Wein, war aber ansonsten wieder guter Dinge. Von einer Änderung der Karriere- und Lebensplanung war keine Rede mehr.

# Venus im Pelz

Als Zwanzigerjähriger im jugendlichen Überschwang und aufgestachelt durch die damaligen Freunde hatte er sich das Abbild einer unbekleideten Frau auf die rechte Schulter tätowieren lassen. Aber nach dem dreißigsten Lebensjahr fing die bis dahin sehr kurze und farblose Körperbehaarung auf den Schultern an, dunkler und stärker zu werden, was die Erscheinung der Tätowierung veränderte. »Venus im Pelz« pflegte seine belesene Sexualpartnerin die Darstellung zu nennen.

»Das Buch« wurde zuerst in der Literaturzeitschrift
»Veilchen« in der  48. Ausgabe im Januar 2015 veröffentlicht,
außerdem 2019 im 2. Band der »Veilchen«-Anthologie als
eBook und Taschenbuch

»Verrannt« im erschien ebenfalls zuerst im »Veilchen« in der
Ausgabe 64 im Januar 2019.

siehe dazu www.geschichten-manufaktur.de

Ganz herzlichen Dank

an die Veilchen-Herausgeberin Andrea Herrmann für die
Veröffentlichungen, für den Austausch über Schreiben und
anderes und für die Inspiration zu »Bibliophilie«

an Elke Fischer-Engels und an Christiane Driewer für die
kritische Durchsicht des Manuskripts.